# Märchen
aus Holstein

Herstellung und Verlag:
BoD - Books on Demand GmbH, Norderstedt
ISBN 978-3-7322-9249-3

Ruth Viertel

# Märchen

aus Holstein

Inhalt

| | |
|---|---|
| Das Wunder von Arret | 9 |
| Der Komet | 21 |
| Prinzessin Hella | 28 |
| Meermuschel und Seifenblase | 55 |
| Zwei Zauberer und eine Frau | 73 |
| Der Sohn | 80 |
| Das Kind | 90 |
| Nadja und das gläserne Schiff | 97 |
| Lisa und Elisabeth – ein Weihnachtsmärchen | 120 |

Das Wunder von Arret

Was ist Arret? - Wo ist Arret? - Und von welchem Wunder wird hier gesprochen? Das sind drei Fragen. Ich gebe drei Antworten. Zwei davon werden kurz und bündig sein. Die dritte Antwort dauert etwas länger. Aber sie beschreibt ja auch ein Wunder.
Also, Arret ist ein Planet, ähnlich wie unsere Erde, aber sehr weit von ihr entfernt.
Wenn eine Karte des Universums im Hause ist, so nehme man sie zur Hand und falte sie genau in der Mitte, wie man es bei einem Briefbogen macht. Man lege das Doppelblatt vor sich hin auf den Tisch, suche die Sonne und natürlich auch unsere Erde. Dann steche man mit einer Nadel in das Papier, mitten durch die Erde. Dort, wo die Spitze auf der anderen Blatthälfte wieder hervorkommt, liegt Arret.
Arret hat, obwohl etwas kleiner als unsere Erde, viel Ähnlichkeit mit ihr. Ihm scheint eine Sonne, er hat einen Mond, und er wird von den Arretern bewohnt. Zwei Dinge sind allerdings auf diesem Planeten anders als bei uns. Er dreht sich wohl um seine Sonne, aber nicht um die eigene Achse. Dadurch hat er eine Tag- und eine Nachtseite. Außerdem legt sich das Festland wie ein breiter Gürtel um die Arretmitte - ungefähr dort, wo bei uns die tropischen und subtropischen Zonen sind. Oben und unten - oder besser gesagt - im Norden und im Süden gibt es nur Wasser.
Es ist wohl ganz klar, daß alle Arreter auf der Sonnenseite

ihres Sternes leben, und dieses Leben ist herrlich. Sie haben es immer hell und warm. Der Boden ist so fruchtbar, daß es Früchte jeder Art in Hülle und Fülle gibt. Noch niemals mußte ein Arreter arbeiten. Sie alle leben wie glückliche Kinder, fröhlich und ohne Sorgen.
Über diese großen und kleinen Kinder wacht ein König. Sie nennen ihn den "weißen König", weil seine Burg aus einem schneeweißen marmorartigen Stein errichtet wurde. Sie steht hoch oben auf dem einzigen Berg mitten im sonnigen Arretland. Noch nie hat jemand den weißen König mit seinen zwölf Ministern gesehen. Der Weg hinauf auf den Berg wäre mühsam und beschwerlich. Unten lebt es sich leichter.
Eigentlich haben die Arreter Glück mit ihrem König, denn er ist gütig und weise. Er liebt sein Volk wie ein Vater seine Kinder. Seit einigen Monaten sorgt er sich aber sehr um sie, und das kam so:
In der Bevölkerung gibt es einige Leute, die empfinden es als langweilig, immer nur in der Sonne zu liegen, zu essen und kindische Spiele zu treiben. Sie wollten etwas mehr Spannung in ihr Dasein bringen, und so erfanden sie Wettspiele. Alle Arreter sind begeistert von diesen Ideen. Da ist zum Beispiel das Kokusnußernten: Wer zuerst fünf Früchte gepflückt und zu Boden gebracht hat, bekommt die der unterlegenen Spieler dazu. Mit dem Fischen ist es das gleiche und auch mit dem Holen des Trinkwassers aus der Quelle.
Seltsamer Weise sind es gerade die klügsten und geschicktesten Arreter, die sich diese Wetten ausdachten.

Sie gewinnen immer, und so ist es gekommen, daß nach kurzer Zeit einige wenige immer reicher werden, während die anderen nur noch für sie herumrennen und anschaffen. Natürlich könnten sie sagen: "Schluß!" - "Schluß mit dem Unsinn! Ich will nicht mehr." Aber die Wettleidenschaft läßt sie nicht los, weil jeder hofft, einmal Gewinner zu sein. Es dauert gar nicht lange, da gibt es auf Arret zwei Klassen. Es sind die Renner und die Rennleiter. Bei uns würden wir vielleicht Sklaven und Sklaventreiber dazu sagen.
So kann und darf es nicht weitergehen!
Mit dem weißen König tritt der Rat der Minister zusammen. Sie überlegen und beraten drei Tage und drei Nächte lang, aber sie kommen zu keinem Entschluß.
"Wir könnten hinuntergehen und die Wettspiele verbieten", schlägt einer vor.
"Dann werden sie heimlich weitermachen, das ist viel ärger", entgegnet ein anderer.
"Aufklären?", fragt wieder einer.
"Wer hört schon zu, wenn er belehrt werden soll", kommt die Antwort.
So geht es hin und her im Rat. Bestrafung wird vorgeschlagen, aber man kann keine Tat bestrafen, die noch gar nicht verboten ist. Außerdem liebt der weiße König sein Volk. Er will ihm nicht weh tun.
"Wir müßten die Rennleiter von den anderen trennen", überlegt der jüngste unter den Ministern. Nun schreien alle durcheinander: "Unmöglich! - Wohin mit ihnen? - Wie sollen wir es machen, ohne daß Aufruhr entsteht? -

Trennung ist doch auch Strafe!" - Jeder Minister hat einen anderen Einwand vorzubringen.

Da gebietet der König energisch RUHE. "Dieser Vorschlag ist der einzig mögliche", sagt er, "wir werden die Rennleiter in die Grauzone zwischen Sonnenland und Nachtseite bringen." Zwar kommen noch viele Bedenken, aber sie werden alle zerstreut. Zwar gibt es noch viele Probleme, aber sie werden alle gelöst. Und so sieht der Plan aus:

Die Minister sollen sich unter das Volk begeben, mit ihnen essen und trinken und dabei jedem Arreter ein Schlafpulver unter die Speisen mischen. Wenn dann alle schlafen, wird man die Rennleiter hinübertragen in die Grauzone. Damit die klugen Leute nicht sofort nach dem Erwachen zurückkehren können, beschließt der weiße König, eine hohe gläserne Wand zu errichten. Nun darf man aber die Ausgesperrten nicht ihrem Schicksal überlassen. Ein schwarzer König soll für sie sorgen.

Der Plan ist gut. Er wird genehmigt. Doch kein Minister will schwarzer König werden. Schließlich zeigen alle auf den jüngsten: "Die Idee kommt von dir, du wirst schwarzer König sein." Während dieser ungern und mit schwerem Herzen die Runde verläßt, um auf der Nachtseite sein Schattenschloß zu errichten, suchen seine Kollegen im Sonnenland die schwarzen Schafe aus der Herde der weißen heraus.

Am nächsten Tag geht das Leben der Arreter seinen gewohnten Gang. Sie bemerken nicht einmal das Fehlen einiger Leute. Erst nach Tagen erkennen sie, daß niemand

mehr da ist, der sie antreibt. Zufrieden machen sie sich über die nun herrenlosen Vorräte her. Sie liegen träge im Gras unter den Bäumen, sie essen und trinken und träumen. Der weiße König ist tief bekümmert über ihre Gleichgültigkeit, aber er greift nicht ein.
Auf der anderen Seite der Glaswand sieht es jedoch ganz anders aus. Als die Verbannten aus ihrer Betäubung erwachen, dauert es eine Weile, bis sie ihre Lage erkennen. Es ist sehr dunkel um sie herum, sie frieren, und so schnell, wie sie es vermögen, springen sie auf, um wieder in das Licht und die Wärme zu gelangen. Aber da steht die unüberwindliche gläserne Mauer. Voll Verzweiflung schlagen sie immer wieder mit den Fäusten darauf und rennen mit den Köpfen gegen sie an. Es hilft ihnen nichts. Mit diesem Tun fügen sie sich nur selber Schmerzen zu. Sie geben es auf. Sie setzen sich zusammen und überlegen nun gemeinsam, was zu machen sei und wie sie ihr Leben jetzt gestalten sollen.
Aufgeteilt in kleine Gruppen erforschen sie ihre neue Welt bis hinein in die Zone der Finsternis, und sie finden Möglichkeiten zu überleben. Von den hohen Bergen der Finsternis stürzen große Massen frischen Wassers in die Ebene hinab. Sie überziehen das graue Land mit einem Geäder rasch fließender, fischreicher Flüsse. An ihren Ufern wachsen eßbare Pilze und Sträucher, die viele kleine, aber nahrhafte Früchte tragen. Bei einigen krautigen Pflanzen sind sogar die Wurzelstöcke genießbar. Weite Flächen des Landes werden bedeckt von meterhohen Gräsern. Einige davon sind spröde und trocken wie Heu,

die meisten aber saftiggrün. In dem felsigen Gelände haben sich laubenartige Höhlen gebildet. In sie hinein tragen die Verbannten große Mengen des trockenen Grases. Sie polstern damit jene Räume, die sie zum Schlafen ausgewählt haben. Von den noch weichen grünen Fasern flechten sie Matten und Vorhänge. Der schwarze König sieht ihren Fleiß und bewundert den Lebensmut der tapferen Leute.

Er will ihnen helfen. Deshalb bricht er von der Mauer seines Schlosses einige schwarzglänzende, scharfkantige Brocken ab und wirft sie hinunter zu einer Gruppe von Grassammlern. Die Steine rollen direkt vor die Füße der Leute. Dabei schlagen zwei so kräftig gegeneinander, daß Funken aufstieben. Sie setzen das trockene Gras in Brand. Wie eine züngelnde rote Schlange läuft die Flamme hinüber zu einem Dornenstrauch, der sofort hell auffackelt. Noch nie haben die Arreter ein Feuer gesehen. Von allen Seiten kommen sie herbeigelaufen und staunen. Schon bald erkennen sie, daß es nicht nur schmerzhaft heiß ist, sondern in angemessenem Abstand auch angenehm wärmt. Außerdem gibt sein Leuchten dem dunklen Grauzonentag mehr Licht. Alle freuen sich darüber. Aber schon beginnt es kleiner zu werden. Mit dem verkohlenden Dornenbusch sinkt es zusammen. Bald glost es nur noch in schwachem Rot - dann erlischt es ganz. Nur einige dünne Rauchfäden steigen aus der Asche auf, verwehen wie letzte Atemzüge. Traurig und enttäuscht schauen die Arreter hinunter auf das kleine Häufchen aus Holzkohle und grauem Staub.

Einer ist unter ihnen, der hat gut beobachtet. Er bückt sich und hebt die beiden Steine auf. Kräftig schlägt er sie aneinander. Wieder sprüht es Funken, aber noch im Auffliegen sind sie schon wieder vergangen. Nun legt der Mann einen der Brocken in den Heuhaufen zu seinen Füßen, den anderen wirft er mit Wucht darauf. Das erste von Arreterhand entzündete Feuer brennt. Eifrig wird es mit Ästen und Zweigen am Leben erhalten; denn die Leute haben erkannt, daß ihr Feuer gefüttert werden will. Sein Erwecker aber wird zum Hüter der Funkensteine ernannt. Sie sind das kostbarste Gut der Grauzonenleute geworden. Es dauert gar nicht lange, da entdeckt er auch schon, wie viel besser Früchte, Wurzeln und Fische schmecken, wenn man sie hineintaucht in die Flamme zu einem ausgiebigen Bad in der Glut.

Nun darf man aber über diese eine Großtat nicht die anderen Grauarreter vergessen. Auch sie vollbringen achtenswerte Leistungen. Einige entdecken, wie viel Energie in den vom schwarzen Berg herabstürzenden Wasscrfällcn verborgen ist. Andere finden nützliche Aufgaben für die Kraft des Windes, der in Grau- und Dunkelzone beständig weht.

Schon nach wenigen Jahrzehnten hat sich das graue Land in ein farbiges verwandelt. Es gibt künstliches Licht und Wärme in wohnlichen Häusern. Unter gläsernen Dächern reift duftendes Obst und Gemüse, und Gesang und Tanz sind den Grauarretern vertraute Freuden geworden.

Sie können eigentlich mit sich und ihrem Leben zufrieden sein. Im Grunde sind sie es auch. Nur hin und wieder fühlt der eine oder andere Sehnsucht nach dem verlorenen

Sonnenland. Es gibt inzwischen schon Leute, die es gar nicht mehr kennen, weil sie bereits auf der dunklen Seite geboren wurden. Für sie sind die Erzählungen der Älteren von dem Licht nichts anderes als wunderschöne Märchen. Zwar kann jeder, der es möchte, ins Sonnenland hineinsehen, aber es ist für sie alle so unerreichbar wie für einen Greis die vergangene Kindheit.

Der schwarze König geht zu seinem Herrn und bittet, die trennende Wand doch fallen zu lassen. "Bist du dir sicher, daß die Zeit schon gekommen ist?", gibt dieser zu bedenken.

"Ich sehe doch, was die Leute aus der grauen Wüste gemacht haben."

"Ja, tüchtig waren sie eigentlich immer."

"Ich sehe auch, wie sie in ihrer Gemeinschaft miteinander leben."

"Das könnte der kollektive Egoismus einer Großfamilie sein."

Für diesen Einwand findet der schwarze König keine treffende Antwort. Enttäuscht will er fortgehen, aber da spricht sein König noch einmal zu ihm: "Wir werden es versuchen. Warte nur noch zwei Tage."

Der erste Tag schleicht schleppend dahin. Der zweite Tag scheint stillzustehen. Der dritte bricht an.

In der Grauzone ist nichts anders als vorher. Die Bewohner gehen an ihre gewohnte Arbeit.

Das Sonnenland liegt träumend da. Niemand und nichts bewegt sich. Sogar die Bäume und Blumen scheinen im Traum verloren zu dösen. Keiner sieht zur Sonne auf, die, wie eine gleißende goldene Brosche festgesteckt auf blauem Seidengrund, über ihnen steht. Keiner sieht den winzigen schwarzen Punkt, der am Horizont mit dem Himmel aus dem Wasser steigt. Er wächst. - Er wächst und wächst. - Er wird wagenradgroß und wächst weiter. - Er wird so groß wie ein Haus und hält nicht auf zu wachsen. Bald ist er so groß wie ein Berg, und jetzt bedeckt er den ganzen Himmel. Zum ersten Mal wird es fast finster im Sonnenland. Ein fürchterliches Unwetter bricht herein. Es treibt das Wasser hoch hinauf auf den Strand, knickt Palmen, bricht Bäume und wirbelt Sträucher wie Pusteblumensamen durch die Luft. Sanfte Trinkwasserquellen werden zu wilden Strömen, die den Boden zerreißen und alles mit hinunter ins Meer schleppen, was auf ihren Wegen liegt.

Die vollkommen überraschten Leute versuchen, sich in rascher Flucht den Berg hinauf zu retten. Den meisten gelingt es auch. Viele bleiben aber unterwegs liegen, weil sie verwundet oder erschöpft sind. Sie weinen und klagen laut in ihrer Angst und vor Schmerzen. Doch keiner kehrt zurück, es bleibt niemand stehen, um ihnen zu helfen.

Hinter der gläsernen Wand harren dicht gedrängt die Bewohner des Schattenlandes. Entsetzt beobachten sie das Chaos.

"Die armen Leute", rufen viele von ihnen, "man müßte ihnen beistehen!"

"Und weshalb tut ihr es nicht?"

Zum ersten Mal hören sie die gewaltige Donnerstimme des schwarzen Königs. Sie fürchten sich, und nur einer findet

den Mut zur Antwort: "Herr, die Mauer hindert uns daran."
"Welche Mauer? - Es gibt keine!"
Die Schattenleute vernehmen die Worte, aber sie wagen nicht daran zu glauben. Vorsichtig strecken einige ihre Hände aus. Sie fassen ins Leere. - Ohne zu zögern, stürzen sie jetzt hinüber in das unglückliche Land. An Dunkelheit und Dämmerung gewöhnt, überwinden sie rasch das Durcheinander. Sie bergen Verletzte und verbinden Wunden. Sie sammeln verirrte Kinder auf und suchen ihre Mütter. Ruhig und kraftvoll bringen sie all denen Trost, die verstört und mutlos am Boden liegen.
So rasch, wie es aufgesprungen ist, sinkt das Unwetter wieder in sich zusammen. Es saugt sich förmlich selber ein, bis es als kleiner schwarzer Punkt im strahlenden Licht der Sonne schmilzt.
Nun räumen die Grauarreter ihre Vorratslager. Sie tragen die Speisen hinüber zu ihren Nachbarn. Beim gemeinsamen Essen entwerfen sie Pläne zum Wiederaufbau des Sonnenlandes. Die Arbeit ist nicht leicht, aber gemeinsam und mit der Hilfe aller gelingt das Werk. Drei Jahre dauert es, dann blüht alles so prächtig wie zuvor. - Nein, eigentlich ist es noch viel schöner geworden; denn die Sonnenländer sehen jetzt ihr Land mit liebevollen Augen an und erkennen, wie gut es ist.
Auf dem Berg in der weißen Burg sitzt beobachtend der weiße König mit seinen Ministern. Nun, da die Arbeit getan wurde, warten sie auf ein wichtiges Ereignis, auf das wichtigste für die Arreter und für den König.
Verlegen und fast ein wenig hilflos hocken Sonnen- und

Grauarreter beieinander. Das Werk ist vollbracht. Sie wissen nicht, was sie noch tun könnten. Da erhebt sich ein alter Mann. Er gehörte noch zu jenen Rennleitern, die vor langer Zeit in die Verbannung getragen wurden. Obwohl schon ein Greis, spricht er mit klarer, kräftiger Stimme: "Als ihr unsere Hilfe gebraucht habt, sind wir gekommen, es war notwendig. Seit heute gehören wir nicht mehr hierher. Ihr seid jetzt fähig, allein weiterzumachen. Dieser Tag ist unser letzter im Sonnenland. Wir kehren in das graue Reich zurück."
Sofort erheben sich alle Grauarreter, aber auch die anderen springen auf. Einer unter ihnen ruft: "Geht nicht gleich! - Laßt uns erst gemeinsam ein Fest feiern! Laßt uns miteinander tanzen und laßt uns singend euch danken für die große Hilfe, die ihr uns gegeben habt!"
Mit fröhlichem Erstaunen sehen vom Berg herab die Burgbewohner, wie sich eine lange, lange Kette bildet. Sie reicht rund um den Arretball herum. Er scheint wie mit einem lebenden, beseelten Kranz geschmückt, und dieser Kranz beginnt jubelnd zu singen und sich im Tanze zu drehen. Das Fest hat begonnen. Es dauert sieben Tage und sieben Nächte lang. Die singenden Tänzer werden nicht müde. Es ist, als reiche einer dem anderen seine Kraft, die dieser weitergibt an den nächsten zu immer neuer schwungvoller Freude.
Wie eine Welle, die fast schon eine machtvolle Woge ist, läuft diese Kraft unaufhörlich um den Planeten herum - so lange, bis dieser, aus seiner Trägheit herausgerissen, mitschwingen muß und beginnt, sich um seine Achse zu

drehen.

Zuerst merken das die Arreter, die auf der Nachtseite tanzen. Vor ihren Augen geht die Sonne auf, und jene auf der anderen Hälfte sehen sie sachte im Meer versinken.

Der Tanz stockt! Aber Arret bewegt sich ruhig und gleichmäßig weiter im Kreise. Da erkennen auch die letzten: Es gibt keine Tag- und Nachtseite mehr. Soeben wurde auch der Grauzone das Sonnenlicht gebracht. Jubelnd heben alle die Hände und rufen: "Es ist ein Wunder geschehen, weißer König, wir danken dir, wir danken dir für das Wunder von Arret."

Auf dem Berg in der Burg beugt sich der schwarze König, der nun keiner mehr ist, hinüber zu seinem Herrn und sagt leise:

"Hörst du es? - Sie danken dir für das Wunder von Arret."

"Natürlich höre ich es - aber eigentlich haben sie es ja selber vollbracht."

Da flüstert sein jüngster Minister ganz leise:

"Wir werden es ihnen nicht verraten, nicht wahr? - So ein Lobgesang klingt doch viel zu gut."

Sein Herr widerspricht nicht, doch elf ahnungslose Minister sehen verblüfft, wie ihr weißer König einen Augenblick lang errötet. Der zwölfte aber senkt beschämt sein Haupt; denn erst in diesem Augenblick hat er die ganze Größe und Weisheit seines Herrn erkannt.

Der Komet


In einem Dorf, nicht weit von uns entfernt, lebte einmal ein alter Töpfer. Aber er war kein gewöhnlicher Handwerker. Er war ein großer Künstler. Einige Leute, die etwas von der Kunst verstehen, sagen sogar: "Er war ein Genie."
Von weither kamen die Menschen, um seine Werke zu bewundern, und einige auch, um zu kaufen.
Doch der alte Mann gab keines seiner Gefäße her. "Sie sind mir wie Kinder, die ich unter Qualen auf die Welt gebracht habe," sagte er, "und wer verkauft schon seine Kinder?"
So blieb den Besuchern nichts anderes übrig, als die Werke anzuschauen. Der Alte versteckte sie nämlich nicht. Überall standen sie in seinem Haus und in dem kleinen Garten davor herum.
Stumm oder leise murmelnd gingen die Menschen zwischen den Gefäßen umher und betrachteten sie ehrfürchtig. Manchmal strich auch einer scheu und zart über die schöne Oberfläche eines der Kunstwerke. Aber alle waren glücklich und voller Lebensfreude, wenn sie den Garten und das Haus des alten Mannes wieder verließen.
Von diesem großartigen Künstler hörte eines Tages ein junger Mensch. Auch er war Töpfer, - ein guter Handwerker, aber nicht mehr. Dabei brannte in ihm die Sehnsucht nach einem ganz großen Werk. Er wollte so gern berühmt werden und etwas so Schönes schaffen, das die Welt den Atem anhalten sollte. Es gelang ihm nur nicht. Da begab er sich auf den Weg zu dem alten Mann.

Er traf ihn an auf der Bank vor seinem Hause, die letzten Strahlen der untergehenden Sonne genießend; denn es war Abend geworden.
Er empfing den Jüngling herzlich und hörte ihn freundlich an. Als dieser geendet hatte, fragte er ihn: "Willst du zu mir in die Lehre gehen und ein zweiter 'ALTER MANN' werden? --Du bist doch schon ein Meister. Genügt das nicht?" Und der Junge antwortete ihm: "Nein, ich will kein zweiter 'ALTER MANN' werden. Ich möchte ein eigener großer Künstler sein und bitte dich, mir den Weg zu zeigen." Sogleich stand der Alte von seiner Bank auf. "Komm, ich weise dir den Weg, aber gehen wirst du ihn alleine." Sie schritten durch den Garten bis zu einer schlanken sehr hohen Birke. Sie stand in der äußersten Ecke vor einer blühenden Hecke aus stacheligem Weißdorn. Diese war so hoch, daß die beiden Männer gerade noch darüber hinwegsehen konnten.
Der alte Mann hob seinen Stock, auf den er sich beim Gehen gestützt hatte, und wies hinauf in den nun schon dunklen Himmel. "Siehst du dort im Norden den Kometen? Er hat zwei Schweife. Der längere zeigt hinunter zu uns auf die Erde, der andere kurze, weist wie ein erhobener Finger hinauf in die Ewigkeit. Zu diesem Kometen mußt du gehen. Dort wirst du finden, was du suchst. -Nimm aber meinen Stock mit. Er kann dir Halt geben und dich beschützen."
Der Alte kehrte zurück in sein Haus. Der Junge aber sah mit Staunen, wie der lange Kometenschweif wuchs. Er reckte sich und streckte sich und kam immer näher.

Schließlich legte er sich wie ein sehr breites goldenes Band auf den Rand der Dornenhecke.

Da lag vor dem Jüngling eine strahlende Straße, die steil nach oben führte. Er betrat sie. Sie hob ihn empor, und er schritt leicht, ganz unbeschwert vorwärts.

Er schaute sich um. --Es war seltsam. Obwohl er die ganze Erde überblicken konnte, erfaßten seine Augen doch jede kleine Blume, jeden schmalen Grashalm auf ihr. Nichts entging seinen Blicken. Nur auf den Weg gab er nicht acht. So bemerkte er nicht, daß schwarze Wolken aufzogen und daß es über ihm dunkel wurde.

Ein Sturm kam auf. Er erschrak. Die blühenden Blumen waren verschwunden, kein grünes Gras kräuselte sich mehr in der leichten Bewegung der Luft. Alles war versunken. Neben ihm und unter ihm war plötzlich nichts als schwarzes, brodelndes Wasser.

Der Sturm wurde stärker. Er trieb mächtige Wellen hinauf auf den Weg. Schwere Brecher warfen ihre Gischt über die Füße und Beine des Jungen und machten die Straße gefährlich glatt und schlüpfrig. Der junge Mann wäre gestürzt, hätte der Stab des Alten ihn nicht gehalten. So kämpfte er sich Schritt für Schritt, schon bis zu den Knien in dem noch immer steigenden Wasser vorwärts. Er wurde sehr müde, und er klagte: "Ich kann nicht weiter. Ich sterbe."

Da hob sich zu seiner Linken ein gewaltiger Kopf aus dem Wasser. Runde Augen wie große graue Kartoffeln starrten ihn an, und ein gräßlicher Mund mit schlammverschmierten Zähnen begann laut zu lachen. Ein

Schwall Wasser schwappte hinein. Das Wesen verschluckte sich. Es gurgelte und spuckte und krächzte dann: "Weshalb wehrst du dich? --Laß dich doch fallen! Es ist ganz leicht, und sogleich hast du dann deine Ruhe."

Da hob der Mann in letzter Verzweiflung beide Hände, er schlug mit dem Stock so hart auf das Ungetüm ein, daß dieser zerbrach und ins Wasser glitt. Der Jüngling stürzte auf die Straße. Er lag eine Weile still, wie leblos da. Dann erhob er sich mühsam und erkannte mit Erstaunen, daß der Sturm sich gelegt hatte. Der Weg war noch naß, aber nicht mehr vom Wasser überflutet. Ein schwacher Lichtschein fiel darauf, und als der Junge den Kopf hob, sah er vor sich ein weit geöffnetes, strahlendes Tor. Er lief darauf zu und trat hinein in einen hellen Hof.

Nach dem Tosen des Unwetters schien es ihm, als herrsche hier eine absolute Stille. Aber dann hörte er sie!

Viele zarte Kugeln in unterschiedlichen Größen schwebten wie klingende Seifenblasen im Raum. Sie drehten sich, sie trennten sich und trafen einander wieder. Sie bildeten Ketten und Kreise und schufen auf diese Weise immer neue Melodien.

Der Jüngling dachte: "Nie habe ich gewußt, daß man Töne sehen kann." Vorsichtig ging er zwischen ihnen hindurch und kam an ein großes rundes, beetartiges Bild. Lauter bunte Steine in unterschiedlichen Formen und Größen waren aus dem Boden gewachsen und hatten sich zu einem wunderbaren Mosaik gefügt. Der Jüngling kniete nieder, er nahm eines der schimmernden Teilchen in die Hand, um es zu betrachten. Sogleich verblaßte es und wurde farblos fahl. Aus dem Bild aber sprach es:

O Mensch, gib acht!
In deiner Hand
 hälst du ein Wort.
du nahmst es fort
aus einem Gedicht.
verdirb es nicht;
denn Sprache ist das Band,
das alles bindet,
das aus dem Menschen die Menschheit macht,
das dafür sorgt, daß sie sich findet.

Rasch legte der Mann das Steinchen an seinen Platz zurück
- dorthin, wo er es abgepflückt hatte. Es fügte sich ein und
gewann seinen Glanz so schön wie vorher wieder.
In dem Hof standen einige Häuser aus glattem hellen
Gestein. Der Mensch sah weder Türen noch Fenster und
ahnte, daß ihr Inneres ihm immer verborgen bleiben würde.
Er trat durch eine Rosenpforte. Da stand er vor dem, was er
mit seiner ganzen Seele gesucht hatte, -- seinem Werk.
Aus einem runden Teich mit kristallklarem Wasser erhob
sich eine irdene Schale. Ihr schmaler Fuß schien wie der
geschwungene Stengel einer Seerose dem Grunde
entwachsen zu sein. Auch die Gestalt des Gefäßes glich der
einer weitgeöffneten Blüte. Ihre Wand war so dünn, daß
ein fein verzweigtes Netzwerk an der Innenseite wie
dunkle Adern hindurchschimmerte. Aus ihrer Mitte heraus

erhoben sich wie überlange silberne Staubgefäße fünf Wasserstrahlen. Sie stiegen glatt empor und zersprangen auf der Höhe in viele glitzernde Tropfen, die als Perlenregen zurück in die Schale rieselten. Jede Perle barst mit einem leise klagenden Ton, wenn sie auf den Wasserspiegel traf und in ihm zerfloß.
Dem jungen Mann schien es, als stiege mit den Strahlen die gesungene Weise eines Liedes aus der Schale herauf. Er ging näher hin, er lauschte und verstand auch ihren Sinn.

>Himmel und Erde durchs Wasser verbunden,
>es steigt auf und fällt in unendlichen Runden.
>Es schenkt euch das Leben,
>lebt selbst aber nicht.
>Nichts könnt IHR ihm geben,
>was diesem entspricht.
>Ich gebe dem wandernden Wasser Gestalt.
>Ich fange es auf, ich gebe ihm Halt.
>Ich - die Vollendung, die vollendete Form.
>Mein Lied kennt kein Ende!
>Ich beginne von vorn.
>Himmel und Erde durchs Wasser verbunden,
>es steigt auf und fällt in unendlichen Runden...

Der Jüngling stand still da und starrte auf die Schale. Er wußte: "Wenn ich sie hinunter auf die Erde bringe, bin ich der größte bildende Künstler. Ich werde ein Genie sein, und alle, alle werden mich bewundern." Plötzlich stieg in

ihm die Erinnerung auf an die furchtbare Straße, die ihn durch Sturm und Dunkelheit hierher gebracht hatte, und er wußte auch: "Diesen Weg werde ich immer wieder gehen müssen, - mit jedem Werk aufs neue, - eines Tages werde ich vielleicht in das schwarze Wasser stürzen und verloren sein."
Er nahm die Schale nicht mit. Er rührte sie nicht einmal an. Zurückgekehrt auf die Erde, fühlte er sich glücklich, ein guter Handwerker zu sein, ein Meister, aber nicht mehr.

Prinzessin Hella

Dies ist ein Märchen, und wie alle Märchen trug es sich vor langer, langer Zeit zu. Damals waren unsere Wälder noch unbeschreiblich grün und so groß, daß sie einander berührten. Eigentlich war damals überall Wald, und nur hin und wieder blitzte einmal das blaue Auge eines Sees aus dem Laub hervor. Es war die Zeit, als Könige noch Tag für Tag ihre Krone trugen und sich zum Regieren mit einem Purpurmantel bekleidet auf den Thron setzten, als die Königinnen noch selbst in die Schloßküche gingen, um das Leibgericht ihres hohen Gemahls zu kochen. Also in dieser Zeit gab es hoch oben im Norden ein kleines Königreich, das man Wagrien nannte. Hier herrschte der alte Helos. Seine Königin war schon vor vielen Jahren gestorben, und deshalb mußte König Helos seine kleine Tochter, die Prinzessin Hella, allein großziehen.
Das gelang ihm mehr schlecht als recht; denn obwohl ein starker Herrscher, war er doch nur ein schwacher Vater. Hella durfte alles. Jeder noch so große Wunsch wurde ihr erfüllt. Und so blieb es nicht aus, daß sie sich zu einer richtigen kleinen Gewitterhexe entwickelte.
Die Berater des Königs sagten manchmal, wenn sie es gar zu toll getrieben hatte: "Unsere Prinzessin hatte heute einen schwierigen Tag. Sie wurde von ihrem starken Willen und einem überschäumenden Temperament traktiert."
Am liebsten hätten sie sicherlich gesagt:
"Die Göre hat sich wieder einmal unmöglich benommen."

Aber in diesem Ton durfte man natürlich nicht von der einzigen Tochter des Königs reden. Schließlich sollte sie ja eines Tages die Krone tragen und das Land regieren. Besonders davor grauste es allen, die sie kannten.
Zu der Zeit war es an den Höfen üblich, Mohrenkinder als Spielzeug zu halten. Auch König Helos wollte so einen kleinen schwarzen Jungen für seine Tochter kaufen, aber Hella lehnte es ab. Sie sagte: "Das ist etwas für gewöhnliche Prinzessinnen. Ich möchte ein ganz besonderes Spielzeug haben. Ich wünsche mir einen winzigen, kohlrabenschwarzen Hund."
Sofort wurden einige Beamten ausgesandt, um den kleinsten, schwärzesten und schönsten Hund zu suchen. Sie fanden ihn, und Hella nannte das Tierchen "Purzel", weil es so putzig auf seinen kleinen Beinchen herumstolperte. Es bekam ein edelsteinbesticktes Halsband und ein mit rosa Seide ausgeschlagenes Henkelkörbchen. In diesem Körbchen trug die Prinzessin das neue Spielzeug, wo sie auch ging und stand, bei sich. Purzel wurde mit Leckereien und Zärtlichkeiten überschüttet.
Doch dann tat das Tierchen etwas Unerhörtes - etwas, das Hella ihm nie verzeihen konnte und sie sehr zornig machte. Es wurde größer!
Es wuchs und konnte bald nicht mehr in dem kleinen Körbchen liegen. Das herrliche Halsband wurde zu eng, und der Hund purzelte auch nicht mehr herum, wie es doch sein Name zu versprechen schien.
Da verstieß die Königstochter den Hund. Sie befahl ihrer Zofe, ihn fortzujagen. Dem gutmütigen Mädchen lag das

Herz schwer in der Brust, als es mit Purzel durch den Schloßgarten und zum Tor hinaus ging. Es strich noch einmal über seinen glänzenden schwarzen Kopf und sagte leise:
"Es tut mir so leid, aber du mußt dir nun ein neues Zuhause suchen."
Dann schloß sich das schwarze Eisengitter. Drei Tage und drei Nächte lang saß das treue Tier dort und sah sehnsüchtig hinüber zum Schloß. Am vierten Tag war es verschwunden. Kein Mensch hat es danach wieder gesehen.
Die Prinzessin aber ging zum König und erklärte:
"Ich habe es mir überlegt, - ein weißes Kätzchen ist doch viel hübscher als ein schwarzer Hund. Schenke mir ein weißes Kätzchen. Aber schneeweiß muß es sein."
Obwohl der Vater tief bekümmert über das Verhalten seiner Tochter war, ließ er doch im ganzen Land nach einem solchen Tierchen suchen. Aber es war wie verhext, keiner konnte eines finden. Im ganzen Königreich Wagrien gab es plötzlich nicht eine einzige weiße Katze.
Weil die Prinzessin nun kein Spielzeug mehr hatte, mußten Mädchen aus der Umgebung zu ihr ins Schloß kommen. Sie sollten für Zeitvertreib sorgen. Das war eine schwere Aufgabe; denn fast immer hatte Hella beschlossen, sich zu langweilen. Auch an diesem Tag saß sie mit zwei unglücklichen Gespielinnen auf der breiten Terrasse hinter dem Schloß und nörgelte:
Tut doch endlich etwas! Wozu seid ihr eigentlich nütze, wenn ihr nicht einmal eure zukünftige Königin unterhalten

könnt?"
Die beiden Mädchen hatten schon so viel vorgeschlagen, aber Hella hatte sie nur ausgelacht und alles verworfen. Jetzt sagte das ältere der beiden schüchtern: "Vielleicht könnten wir Rätsel raten!"
Wider Erwarten fand der Vorschlag gefallen. Natürlich gab die Prinzessin den Ton an:
"Wer von euch weiß, was an meinem Fingerring Besonderes ist?"
Wie aus einem Munde riefen beide Mädchen:
"Er wurde Euch von Eurer Patin zur Geburt geschenkt. Er trägt den schönsten blauen Aquamarin der Welt, und er wächst an Eurer Hand mit Euch, so daß er immer passen wird."
"Eure Antwort ist nicht falsch, aber unvollständig. Wer weiß mehr?"
Die Mädchen schwiegen. Da zog Hella das Schmuckstück von ihrem Finger und reichte es der Jüngeren über den Gartentisch, an dem sie saßen, zu.
"Steck ihn auf deinen Finger!"
Verwundert gehorchte das Mädchen. Der Ring paßte wie angegossen. Aber es dauerte nur den Bruchteil einer Sekunde, da sprang er in hohem Bogen wieder zurück in die Hand der Königstochter. Auch die zweite Gespielin vermochte den Ring nicht zu halten. Er war für Hella gemacht, und nur sie konnte ihn tragen. Gerade wollten beide Mädchen ihrer Bewunderung Ausdruck geben, als Hella ihnen mit einer herrischen Handbewegung zu schweigen gebot.

"Seht mal dort am Garteneingang! - Was bedeutet denn das?"

Hinter der großen Rasenfläche schob sich eine Gestalt durch eine Gruppe von blühenden Jasminbüschen. Sie betrat das kurzgeschnittene Gras und kam langsam näher. Nun erkannten die drei, daß es eine sehr alte, ärmlich gekleidete Frau war. Sie hielt sich gebückt und schien große Schwierigkeiten beim Gehen zu haben.

„Das ist doch die Höhe", schimpfte Hella, "jetzt treibt sich schon Bettelgesindel im königlichen Schloßpark herum."

"Sollen wir die Alte fortschicken?", fragte eines der Mädchen beflissen.

"Nein, ich werde die Bettlerin persönlich wegjagen." Hella lachte herzlos, als sie dies sagte.

Die Greisin hatte die Grasfläche überquert und stand nun vor dem kniehohen Eisentor, das die kleine Brücke über den Schloßgraben versperrte. Es war verschlossen, schwang aber wie von Zauberhand berührt langsam zur Seite, und die Frau schlurfte über den schmalen Steg, der zur Terrasse führte.

Eben wollte sie einen Fuß auf die erste Marmorstufe setzen, da griff Hella in eine Schale mit Früchten, die auf dem Gartentisch stand, nahm drei Äpfel heraus und warf sie mit kräftigen Schwüngen der Alten vor die Füße.

Diese zuckte zusammen, sie verlor den Halt und fiel rücklings in den Schloßgraben. Hella jubelte.

Was jetzt geschah, wissen wir nur aus den reichlich konfusen Berichten, welche die verstörten Mädchen dem König gaben. Obwohl das Wasser recht tief war, sprang die

vorher so gebrechliche Greisin mit einem Satz heraus auf die Terrasse. Sie war vollkommen trocken geblieben, nicht ein einziger Tropfen rann aus den grauen Haaren.
Stolz aufgerichtet stand sie vor der Tochter des Königs. Zwei blaue Blitze zuckten aus ihren Augen, und mit scharfer Stimme befahl sie:
"Komm!"
Dann drehte sie sich um und ging raschen Schrittes über die Brücke hinein in den Park. Hella folgte ihr gehorsam, willenlos wie im Traum. Beide tauchten im grünweißen Dickicht der Jasminbüsche unter und wurden nicht mehr gesehen.
König Helos sandte sofort Mannschaften aus, die zu Fuß und zu Pferde nach Prinzessin Hella und der Alten suchen sollten. Aber die beiden waren, wie von der Erde verschluckt. Da verfiel der König in tiefe Trauer. Er verlor alle Lebenskraft, regierte noch einige Jahre und starb dann an gebrochenem Herzen. Die Wagrier wählten keinen neuen König. In seiner letzten Stunde hatten sie ihm versprechen müssen, sieben Jahre auf die Prinzessin zu warten. So übernahm ein Ministerrat die Regierungsgeschäfte.
 Was aber geschah nun wirklich mit Hella? Die Greisin war mit ihr nicht durch das Schloßgartentor gegangen. Noch in dem Jasmindickicht bogen die beiden links ab und kamen an einen breiten, von hohen Linden überschatteten Weg. Er führte sie etwas erhaben am Ufer eines tiefen Sees entlang. Nach ungefähr dreihundert Metern stiegen sie hinab zu einem schmalen Pfad, der dem Bogen einer Bucht folgte,

in der sich weit überhängende Weiden und Buchen spiegelten.
So waren sie eine halbe Stunde gewandert, als ein breiter Bach, der aus dem See herausfloß, ihnen den Weg abschnitt. Es lag aber an seinem Rand ein braunes Boot mit zwei Riemen. Sie stiegen ein, und die Frau befahl Hella zu rudern. Folgsam übernahm das Mädchen diese ungewohnte Arbeit. Die Alte steuerte das andere Ufer an.
Nun ging es über sumpfige Wiesen hinein in einen düsteren Tannenwald und wieder hinaus auf einige Äcker und Koppeln, bis sie in den kühlen Schatten hoher, breitkroniger Rotbuchen kamen. Der Weg unter einer sengenden Sonne war heiß und beschwerlich gewesen. Hella fühlte sich erschöpft und müde, aber auch jetzt wurde es ihr nicht viel leichter gemacht; denn sie mußte nicht gerade steil, aber stetig bergan steigen. Es dämmerte schon, als sie eine Lichtung in dem großen Wald erreichten.
Mitten auf dieser Lichtung stand ein hoher runder Turm aus grauem Alabaster. Die Frau öffnete die Tür aus schweren Eichenbohlen und führte die Prinzessin hinein. Sie stiegen eine enge Wendeltreppe hinauf und betraten das einzige Gemach dieses Bauwerks.
In seiner Mitte stand ein Bett. Hella sah es, taumelte darauf zu und noch im Niedersinken war sie schon fest eingeschlafen. Sie merkte es nicht mehr, daß die Alte ihre seidenen Kleider fortnahm und sie in ein hemdartiges Gewand aus grobem, braunen Stoff hüllte. Sie schlief drei Tage und drei Nächte lang, und als sie wieder erwachte, war es als wäre sie neugeboren. Sie wußte nicht mehr,

woher sie gekommen und wer sie gewesen war. Sie verspürte Hunger und Durst und entdeckte zu ihrer Freude ein Tischchen, gedeckt mit Brot, einer Schale voller Früchte und einem irdenen Becher. Auf dem Fußboden davor stand ein großer Krug mit frischem Wasser. Sofort begann sie heißhungrig und mit Genuß zu essen und zu trinken. Erst als sie sich gestärkt hatte, sah sie ihr Gelaß genauer an. Es war kreisrund, aber in seinem Durchmesser größer als der übrige Turm. Ein gläserner Ring, gebildet von vielen Fenstern, umgab es. Die Fenster, dem Fußboden aufliegend, lehnten sich in stumpfem Winkel nach außen. In einer Höhe von ungefähr 20 Zentimetern wurden sie durch die senkrecht aufsteigende Wand gehalten. Auf ihr ruhte wie ein hoher, spitzer Hut das Dach des Turmes.

Hella schaute zur Ostseite hinaus und entdeckte nichts als Wasser. Zum ersten Mal in ihrem Leben sah sie das Meer. Es zogen Schiffe mit braunen und grauweißen Segeln darüber hin. Das Mädchen überlegte, woher sie wohl gekommen und wohin sie jetzt fahren würden. Zwei große Boote ohne Masten, aber mit hochgezogenem Bug und steilem Heck schossen in rascher Fahrt vorüber. Aus ihren Seiten ragten lange Ruderstangen, die sich in schnellem Schlag hoben und senkten. Hella starrte auf sie hinunter wie auf ein Wunder. Erst gegen Abend ging sie hinüber auf die andere Seite ihres runden Kerkers und blickte auf die weite, weichgewölbte Ebene von unzähligen, im sanften Wind bewegten Baumwipfeln des großen Waldes hinab. Sie schaute auch hinunter auf die Lichtung, die den Turm umgab, und sah die Tiere des Waldes darüber hinziehen.

Ein so großer, stiller Frieden sprach aus allem, daß Hella keinen Augenblick Furcht oder Angst verspürte, und als die Sonne hinter das grüne Blättermeer gesunken war, legte sie sich ruhig in ihr schmales Bett.
So verging ein Tag nach dem anderen. Hella saß und schaute und freute sich über jede kleine Abwechselung, die sie an einem ihrer Fenster entdecken konnte.
Am dritten Morgen gewahrte sie zwei prächtig gekleidete Reiter. Sie ritten in die Lichtung hinein, stiegen ab und sahen sich gründlich um. Sie riefen einige Male etwas, das dem Mädchen wie "Hella" klang. Aber obwohl ihr das Wort irgendwie vertraut vorkam, konnte es doch nichts damit anfangen. Es wußte ja nicht, wie sehr man nach ihm suchte.
Es verging ein Jahr; da drangen ungewohnte Laute an die Ohren des Mädchens. Schnell lief es an eines seiner Westfenster und sah zwei wandernde Handwerksburschen, die singend aus dem Wald kamen. Sie lagerten sich am Fuße des Turmes, um ihr Mittagsbrot zu verzehren. Sie hatten den Turm nicht einmal erkannt, sondern glaubten, am Fuße eines großen Baumes zu sein.
Als sie wieder fortgezogen waren, spürte das Mädchen zuerst so etwas wie Enttäuschung, aber bald überwand es das Gefühl und summte vergnügt die gehörten Melodien vor sich hin.
Die Jahre zogen vorüber. Hella begann, unter ihrer Einsamkeit zu leiden, immer stärker sehnte sie sich nach anderen Menschen, nach irgend einem, mit dem sie reden und der sie verstehen konnte. Aber es zeigte sich keiner.

Da überlegte sie, daß ja jemand des Nachts die Speisen bringen müßte, die am Morgen immer frisch auf dem kleinen Tisch standen. Sie beschloß, wachzubleiben und zu warten. Aber es gelang ihr nicht. Wenn der letzte Sonnenstrahl ihr Zimmer verlassen hatte, sank sie sofort in einen tiefen Schlaf.

So konnte sie nie sehen, wie in der dunkelsten Stunde der Nacht ein großer schwarzer Hund die steile Wendeltreppe heraufstieg. In seinem Maul hielt er den Henkel eines schweren Korbes, der mit rosa Seide ausgeschlagen war und randvoll gefüllt mit den Speisen für den nächsten Tag. Behende räumte er alte Reste ab und deckte den Tisch neu. Danach stand er eine Weile ruhig vor dem schlafenden Mädchen und sah es mit seinen bernsteinfarbenen Augen nachdenklich an. Wenn aber die ersten Vögel in der Dämmerung ihr Morgenlied anstimmten, war er wieder verschwunden - lautlos und rasch, wie er gekommen.

Sechs Jahre lang lebte Hella nun schon in ihrem Turm. Da stiegen an einem frühen Sommertag streitende Stimmen zu ihr herauf. Sie eilte ans Fenster und entdeckte zwei Vagabunden, die sich um den kümmerlichen Rest in einer Schnapsflasche zankten. Keiner gönnte dem anderen den letzten Schluck. Sie gerieten so sehr in Rage, daß sie sich schließlich prügelnd über den Boden wälzten.

Das Mädchen sah diese häßliche Szene mit Bestürzung. Es wollte hinunter rufen: "Schlagt euch doch nicht! Vertragt euch, seid dankbar, bei einander zu sein! Ihr könnt mit einander reden. Ihr seid nicht einsam wie ich."

Aber es wußte auch, daß kein Ton aus ihrem Gefängnis

heraus zu hören war. So lief es, ohne zu überlegen, die Treppe hinunter an die Tür. Diese war geschlossen. Hella wollte sie mit ihren Händen aufziehen. Sie zwängte die Finger in einen Spalt, doch nichts rührte sich. Da rannte sie die steile Stiege noch einmal hinauf und holte das Messer von dem kleinen Tisch. Mit seiner Hilfe gelang es ihr, die Sperre zu lösen.
Als sie jedoch ins Freie kam, waren die beiden Vagabunden verschwunden. Nur von der Ferne her, aus dem Wald heraus, schrillten noch ihre keifenden Stimmen.
Hella wollte hinter ihnen herlaufen, da zuckte die Ranke eines stacheligen Strauches wie das Band einer Peitsche nach ihr und schlang sich fest um die Oberschenkel des Mädchens. Spitzen Nadeln gleich drangen gekrümmte Dornen in seine Haut.
Hella spürte den scharfen Schmerz und stürzte zu Boden. Dabei zerriß ihr braunes Kleid. Mühsam versuchte sie, wieder aufzustehen, aber die Dornenfessel hielt sie fest umklammert.
Das Mädchen begann zu weinen und fragte schluchzend: "Weshalb tust du mir so weh?"
"Weil es Spaß macht", zischelte der Strauch, "es ist schrecklich lustig, wenn ein Dummer in meine Schlinge stolpert und dann wimmernd am Boden liegt."
"Wer bist du bloß, daß du diese Freude am Unglück eines anderen empfindest?"
"Wer ich bin? - Man nennt mich die Hinterlist."
Hella sah sich das bösartige Gewächs genauer an. Es stand allein auf einer sandigen Fläche der Lichtung. Kein

einziger Grashalm wuchs in seiner Nähe. Dabei war es nicht einmal häßlich. Mit seinen saftiggrünen Blättern und den Dornen glich der Strauch einer wilden Rose. Im Gegensatz zu ihr aber krochen seine sich windenden Zweige wie Schlangenleiber flach über die Erde. Außerdem fehlten ihm die zarten, blaßroten Blüten.
Leise und sehr langsam begann Hella zu reden:
"Hinterlist, zu dir kommt jeder nur einmal, danach nie wieder. Eines Tages wird niemand mehr in deine Nähe gehen. Du wirst einsam, ohne Freunde sein, und das ist bitter."
"Freunde habe ich schon jetzt nicht mehr."
Bei diesen Worten bebten die Blätter der Pflanze ein bißchen und Hella meinte, Traurigkeit aus ihnen heraus zu hören. Sie überlegte und wußte plötzlich, was zu tun war.
"Hinterlist", sagte sie, "dein schrecklicher Name ist an allem schuld. Soll ich dir einen anderen geben?"
"Versuchen kannst du es unseretwegen", murmelten die Ranken und lösten ihre Widerhaken aus Hellas Gewand.
Sofort erhob sich diese und sprach mit lauter, klarer Stimme, damit auch alles, was in der Umgebung lebte, sie hören konnte:
"Du kriechender Strauch sollst dich erheben von der Erde und Freunde finden bei deinesgleichen. Die Starken sollen dich stützen, die Schwachen sollst du beschützen mit deinen Dornen, und mit zarter Blüten süßer Frucht sollst du laben, wer immer dich besucht.
Du bist nicht mehr die Hinterlist. - Klugheit ist der Name, den ich dir gebe.

Klugheit, lebe niemals mehr allein! Du gehörst zum Wald. Er wird dir Freund und Vaterhaus sein."
Kaum war Hellas lange Rede beendet, da hub ein großes Brausen und Rauschen im ganzen Forst an. Dazwischen piepste, zirpte und flötete es aufgeregt; denn alle seine Bewohner wollten gleichzeitig die Neuigkeit verkünden.
Die Klugheit aber begann vor lauter Glück zu blühen. An all ihren Zweigen brachen ganze Büschel von Knospen hervor, die sich zu schneeweißen, fünfblättrigen Blüten entfalteten.
Schon brummten die ersten neugierigen Hummeln herbei. Noch ein wenig vorsichtig ließen sie sich nieder, krabbelten dann aber emsig mit flinken Beinchen über die neue Pracht.
Hella begab sich wieder auf die Wanderung, war sie doch auf der Suche nach den Menschen.
Der am Anfang sehr enge Weg wurde allmählich breiter, so daß das Mädchen nun schon schneller vorankam. Er war auch mit einem weichen Moospolster bedeckt, und das war gut, denn Hella besaß keine Schuhe.
Sie war ungefähr eine Stunde gelaufen, als Stimmen an der linken Seite des Pfades erklangen. Sie blieb stehen, um zu lauschen. Da war es wieder - ein Seufzen und Wehklagen zum Steine erweichen. Hella sah aber weder Mensch noch Tier in der Nähe. Sie blickte sich um und entdeckte die Quelle dieser jammervollen Laute. Sie kamen von einer ganz merkwürdigen, windenartigen Pflanze, die aussah wie ein Wollknäuel, mit dem einige Katzen gespielt hatten. Man konnte keinen Anfang und kein Ende erkennen. Alles

war heillos ineinander verschlungen und verstrickt.
Mitleidig fragte Hella: „Was quält dich so sehr?"
"Meine Natur", sprach das Gebilde. "Ich muß auf diese Weise wachsen, aber meine Blätter und Blüten werden erwürgt und zerdrückt."
"Warte! Ich will die Knoten lösen." Ohne zu zögern, begann das Mädchen mit der mühevollen Arbeit. Aber es hatte keinen Erfolg. Die Pflanze krümmte und kringelte sich sofort wieder zusammen.
Da schien es ihm, als spräche jemand mahnend:
"Weshalb denkst du nicht nach?"
Hella erkannte die Stimme der Klugheit. Sogleich hielt sie mit ihrer Arbeit inne und sagte zu dem Knäuel:
"Ich kenne deinen Namen noch gar nicht. Wie heißt du?"
"Ach", stöhnte das unglückliche Gewächs, "ich bin die Lüge, eigentlich kennt mich ein jeder."
"Das ist es, als Lüge mußt du dich ja immer weiter und enger verstricken. Dein Name ist schlecht. Versuch doch, zur Phantasie zu werden!"
Die Lüge überlegte nicht lange.
"Weißt du was? Der neue Name ist so schön, ich will nie mehr anders genannt werden."
Kaum hatte sich die Lüge zur Phantasie gewandelt, da lockerten sich ganz leicht - wie von allein - alle Schlingen. Beinahe spielend gelang es Hella, die Winden anmutig um Bäume zu legen oder hübsch über einen warmen Stein auszubreiten.
Als die Aufgabe gelöst war, hatten sich auch alle Blätter der Pflanze erholt. Sie lagen atmend in der freien Luft wie

schmale grüne Herzen. Dann öffneten sich die geschundenen Knospen. Sie entfalteten sich weit zu Blumen, die die Gestalt von Trichtern oder spitzen Tüten annahmen. Und diese Blumen schimmerten in allen Farben, die das klare Licht der Sonne hervorbringt. Hella schaute auf das Wunder herab und sagte andächtig:
"Phantasie, du bist das Schönste, was ich je gesehen habe."
Nun wanderte das Mädchen weiter, aber die verwandelte Lüge blieb nicht lange allein.
Zwölf Schmetterlinge mit Flügeln von so zartem Blau wie der helle Sommerhimmel tanzten taumelnd den Waldweg herauf. Es waren die ersten unbeschwerten Gäste der blühenden Phantasie.
Hella hatte ihren Turm schon am frühem Morgen verlassen. Inzwischen zeigte der hohe Sonnenstand die Mittagszeit an. Hella wurde hungrig und freute sich deshalb sehr, ein weißes Haus am Wegrand zu finden. Da die Tür weit geöffnet stand, trat sie hinein. Sie kam in eine Schmiede, die gleichzeitig als Küche diente. Eine kräftige alte Frau stand am Amboß vor einem rotflackernden Feuer. Als das Mädchen eintrat, legte sie den Hammer zur Seite und sagte:
"Da bist du ja endlich. Ich habe auf dich mit dem Essen gewartet."
Der Tisch war für zwei Personen gedeckt. In seiner Mitte stand eine bauchige Suppenschüssel. Die Alte stellte noch eine kleinere Schale daneben. Dann setzten sich die beiden. Mit einer großen Kelle schöpfte die Frau von der dunklen Suppe auf die Teller. Es schwammen Klöße und

Fleischstücke darin. In die kleine Schale aber gab sie nur große Brocken des Fleisches und einige Knochen. Sie trug das Gefäß in einen Winkel neben dem Feuer zu dem großen schwarzen Hund, der hier schlafend gelegen hatte.
Hella kostete die Suppe. Etwas salzig, etwas sauer, aber auch ein wenig süß war ihr würziger Geschmack.
"Noch nie habe ich Ähnliches gegessen", sagte sie, "aber es ist köstlich."
Die Alte legte ihren Löffel auf den Tisch.
"Dies ist ein Armeleutegericht, man nennt es Schwarzsauer", antwortete sie freundlich.
Nach dem Mahl räumten beide den Tisch ab und reinigten das Geschirr. Da sah Hella, daß dicht an dicht Ketten von der Zimmerdecke herab hingen. Sie wurde neugierig und fragte nach dem Zweck dieser Arbeiten der Schmiedin; denn es war kein anderes Werkstück zu sehen.
"Diese schweren Ketten aus Eisen und auch die leichten, diese silbernen und goldenen werden von den Menschen getragen", erklärte die alte Frau.
"Welche Menschen meinst du damit?", erkundigte sich das Mädchen erstaunt.
"Alle, es gibt keinen, der nicht an eine Kette gebunden ist. Mancher trägt sehr schwer daran. Er spürt eine drückende Last. Anderen bedeutet jedes Glied der Kette die beglückende Bindung an einen geliebten Menschen. Dabei spielt es keine Rolle, ob Gold oder Eisen geschmiedet wurde. Das Element ist immer edel."
"Aber ich trage keine Kette."
"Doch, deine Kette ist aus purem Gold, und glaube mir, sie

wird nicht immer leicht auf deinen Schultern liegen. Aber nun begib dich wieder auf deinen Weg!"

Es dauerte gar nicht mehr lange, bis Hella ans Ende des Waldes kam. Sie lief durch das tiefe Gras feuchter Wiesen, über stoppelige Felder und meinte schon, in der Ferne die Türme einer Stadt zu sehen, da stand sie vor dem Fluß. Es führte keine Brück hinüber, und es gab auch keinen Kahn. Die Enttäuschung des Mädchens war groß. Wie sollte es nun das andere Ufer erreichen?

Plötzlich schnaubte und spritzte etwas vor ihm im Wasser. Ein nasser fellbewachsener Kopf tauchte aus der Flut auf. Zwei kluge schwarze Augen - so rund wie reife Kirschen - schauten Hella an, und ein dünnes Stimmchen piepste: "Hast du Sorgen?"

"Das kann man wohl sagen", seufzte diese, " ich weiß nicht, wie ich auf die andere Seite hinüberkommen kann."

"Ach, das ist nur ein kleines Problem," tröstete das Tier. Es zeigte seine kräftigen Zähne und begann, zwar nicht besonders laut, aber schrill zu pfeifen.

Wie der Blitz schossen jetzt noch sieben dieser Wasserbewohner herbei. Zischend und piepsend erklärte der erste die Notlage des Mädchens, und sofort begannen sie alle mit ihrer Arbeit. Sie schleppten Äste und Zweige herbei, rupften Schilf und feste Gräser aus und verkeilten und flochten die Stücke so ineinander, daß ein tragender Damm daraus wurde.

Schon nach einer Stunde stand Hella auf dem anderen Ufer. Sie dankte herzlich für die Hilfe der freundlichen Tiere, wollte dann aber doch gerne wissen, aus welchem

Grunde sie ihr zuteil wurde.
Die Helfer schauten sich erstaunt an. Schließlich sagte einer: "Du hattest Kummer ... Ist das kein Grund?"
Noch lange dachte das Mädchen über diese Worte nach, während es seinem Ziel entgegenstrebte.
Mit jedem Schritt, den es vorwärts tat, wuchs in ihm die Freude auf das Begegnen mit den Menschen. Wenn schon die Tiere so liebenswert waren, wie großartig würden sich da die Wesen zeigen, zu denen es gehörte.
Hella kam an einen Kreuzweg. Er lag in einer von Hügeln umgebenen Senke, so daß die Türme der Stadt nicht mehr zu sehen waren. Sie zögerte und sah sich unsicher um. Nicht weit entfernt stand ein Baum. Er sah ein wenig seltsam aus und glich in seiner ganzen Gestalt einer Spindel, die fest mit dicker Wolle umwickelt war. Hella näherte sich ihm, um nach dem rechten Weg zu fragen.
Da zog dieser seine Äste und Zweige noch dichter um den Stamm und keifte mit krähender Stimme:
"Geh weg! Ich hab' nichts, und ich geb' nichts, und ich sag' nichts."
Es war heiß in dem Tal, dem kein Wald und kein Knick Schatten schenkte. Hella fühlte sich müde und erschöpft, und so kam es wohl, daß in ihr eine Wut wuchs, die sie in hellem Zorn zu dem Baum reden ließ. Ja, man muß wohl ehrlicherweise sagen, sie fauchte ihn an:
"Du häßliches, hartherziges Gehölz, - du trocknes, totes Gewächs bist so geizig, daß du nicht einmal dir selbst das Leben gönnst. Du läßt dein Laub welken, bevor es sich entfalten kann, und Blüten und Früchte sterben, ohne

geboren zu sein. Es gibt nichts Abscheulicheres als totes Leben, das durch sich selber stirbt."
Dann wandte sie der braunen Gestalt den Rücken zu. Von diesem Geschöpf wollte sie nichts mehr sehen.
Tapfer schritt sie unter der heißen Sonne weiter, aber der Weg wurde immer länger, und das Mädchen ahnte, diese Straße würde es nie ans Ziel bringen.
Nach ungefähr zwei Stunden stand es vor einem breiten Feld. Dicht an dicht wuchsen auf ihm Blumen mit großen roten Blüten. Ein sanfter Wind strich summend über sie dahin und bewegte die auf schmalen Stengeln schwankenden Blütenblätter so, daß es schien, als zitterten zahllose, in bauschige Röckchen gehüllte kleine Tänzerinnen ungeduldig vor ihrem ersten Auftritt. Dabei schwatzten sie alle lebhaft, ja aufgeregt durcheinander. Kein einziges Wort war zu verstehen. Ohne Pause purzelten Sätze, Silben und Worte aus ihnen hervor.
Hella hockte sich an den Rand des Blumenfeldes und schrie einer Blüte in den grünschwarzen Kelch hinein:
"Kann denn hier keiner dem anderen zuhören?"
Erschreckt verstummte die kleine Pflanze und stotterte dann:
"Der Klatschmohn lauscht nicht, er spricht. Und was er sagt, kümmert ihn nicht, kann er nur reden und reden und reden."
Weil Hella müde geworden war und ein, wenn auch lichtflirrender, Schattenstreifen ihr ein wenig Schutz vor der heißen Sonne bot, legte sie sich nieder. Sie träumte mit offenen Augen vor sich hin und schrak erst auf, als es

plötzlich ruhig um sie geworden war. Die Sonne sank allmählich hinter den Horizont, und eine Mohnblüte nach der anderen verstummte.
Nun sah das Mädchen mit Verwunderung, wie auch die leuchtendrote Farbe verblaßte, bis nur noch ein bläuliches Weiß im Mondlicht schimmerte. Da schlief es ein.
Der Schlaf war tief und traumlos, und er dauerte sehr lange. Er dauerte ein halbes Jahr. Aber Hella merkte und wußte es nicht. Als sie endlich wieder erwachte, fühlte sie sich frisch und kräftig und fähig, den Weg zu den Menschen zu finden. Kurz vor dem Kreuzweg, der sie einmal falsch geführt hatte, traf sie auf zwei Kinder. Es waren ein ungefähr sechsjähriges Mädchen und ein halb so alter kleiner Junge. Die beiden trugen zerlumpte Kleider und weinten so sehr, daß ihre mageren Gesichter ganz naß wurden.
Mitleidig neigte Hella sich zu ihnen hinunter und fragte nach dem Kummer der beiden Kinder, und sie erfuhr, daß es Waisen waren, die bitteren Hunger litten.
Da entdeckte das Mädchen den Baum. Hoch und schlank stand er an der Kreuzung. Aus seinem dichten Laub heraus leuchteten goldgelbe, reife Birnen. Als die drei unter ihm standen, raschelte er mit all seinen Blättern:
"Guten Tag, du zorniges Mädchen! Erkennst du mich wieder? Deine Anklage war hart, aber gerecht. Nun siehst du es durch mich, - auch Worte können Früchte tragen, wenn sie auf fruchtbereiten Boden treffen."
Dann plumpsten zwei dicke, süße Birnen hinunter ins Gras.
"Für die Kinder!", hauchte der Baum.

Hella aber sah mit glänzenden Augen zu ihm hinauf und sagte: "Danke! - Nun bist du nicht nur schön, - nun bist du gut."
Sie faßte die Hände der genießerisch kauenden Kinder und marschierte mit ihnen frohen Mutes weiter ihrem Ziel entgegen. Aber sie waren noch gar nicht weit gekommen, da versperrte ein großer, dicker Mann ihnen den Weg.
"Hab ich euch endlich, ihr Diebe! - Hilfe, Hilfe, Gendarm! Mein Birnenbaum wurde beraubt!"
Immer wieder schrie er es, so lange, bis ein Uniformierter im Laufschritt angerannt kam.
Auf Geheiß des wütenden Mannes verhaftete dieser die drei. Er führte sie zur Stadt und sagte, es träfe sich ganz gut, weil gerade Gerichtstag sei. Sie müßten sich aber beeilen, um noch rechtzeitig ins Schloß zu gelangen.
Daraufhin gefiel es dem dicken Mann nicht, daß Hella mit den kleinen Kindern so langsam ging. Er griff nach dem Arm des Mädchens und wollte es vorwärts stoßen.
Sie kamen aber just zu diesem Zeitpunkt durch einen Heckenweg, und wie der Blitz schnellte eine lange, dornenbewehrte Gerte vor. Sie kratzte kräftig über die Hand des Dicken, legte sich dann aber sanft und vorsichtig über Hellas Schulter.
Losgelöst von der Mutterpflanze, schmückte sie jetzt das braune zerrissene Gewand wie eine Schärpe.
Das Mädchen sah darauf hinunter und erkannte die wildrosenähnlichen grünen Blätter und die weißen Blütenbüschel. Zwischen ihnen reiften allerdings schon einige schwarze Früchte von körniger runder Gestalt. Es

lächelte leise und dachte dabei: "Es gibt noch etwas, das zwischen Hinterlist und Klugheit liegt: Das ist die List."
Der Mann wischte mit einem großen Taschentuch das Blut von seinen Fingern. Er knurrte böse vor sich hin, wagte aber nicht mehr, Hella anzufassen. Er sah sie nur noch mit einem galligen Blick von der Seite an.
Inzwischen hatten sie das Stadttor erreicht. Hier gab es ein wildes Gedrängel, weil viele Neugierige vom Lande gekommen waren, die den Gerichtstag miterleben wollten.
Als die kleine Gruppe bei ihnen ankam, schimpften einige von ihnen: "Seht nur, der Gendarm bringt schon wieder ein Diebespack. Wann greift der Ministerrat endlich schärfer durch? Die Strafen sind allesamt viel zu milde."
Es gab aber auch Leute, die Mitleid mit den Gefangenen empfanden, sahen sie doch gar zu armselig und verstoßen aus.
Diese Menschen erblickten es zuerst, und sie machten die anderen darauf aufmerksam.
Vom Wald her über den Bach und die Felder kamen in raschem Flug zwölf Schmetterlinge, so blau wie der helle Sommerhimmel, geflogen.
Über Hellas Kopf bildeten sie einen Kreis und sanken dann gemeinsam hinunter, bis sie in den Haaren des Mädchens Halt fanden. Hier legten sie ihre Flügel wie Hände aneinander und saßen danach ganz still.
Ein Raunen ging durch die Menge:
"Das Mädchen trägt ja eine Krone! - Eine lebende, blaue Krone! - Wie schön es ist!"
Sogar jene, die vor wenigen Minuten noch geschimpft und

verurteilt hatten, schauten andächtig auf das zauberhafte Bild. Und als der Schlagbaum passiert war und als es durch die Straßen der Stadt ging, war der neugierige, lüsterne Pöbel ein freundliches Gefolge geworden. Es wurde immer größer; denn aus allen Gassen strömten jetzt die Menschen herbei. Sie alle wollten das Mädchen mit der Schmetterlingskrone und der blühenden Schärpe sehen.
Sie kamen vor die steinerne Brücke, die sich über den Schloßgraben spannte. Vor ihr hockte auf jeder Seite ein Affe aus grauem Granit.
Hella sah sie, und sie schienen Hella zu sehen; denn beide, die doch Jahrhunderte lang starr und stumm auf ihrem Posten verharrt hatten, blinzelten dem Mädchen zu und neigten ein ganz kleines bißchen den Kopf.
Von der Menschenmenge hatte niemand den Vorgang beobachtet. Hella aber meinte, zwei alte Bekannte getroffen zu haben. Sie war sich jedoch nicht ganz sicher. Sie grübelte und versuchte angestrengt, die Erinnerung aus der Dunkelheit ihrer Vergangenheit heraufzuholen.
So traten sie durch den tiefen Torbogen hinein in den Schloßhof. Er war von quadratischer Form. In seiner Mitte stand ein großer runder Springbrunnen.
Viele, viele Jahre lang hatten seine sprudelnden Wasser den sonst so stillen Raum belebt. Jetzt barg die steinerne, flache Schale nur noch Staub. Stumm und grau trauerte sie vor sich hin; denn König Helos hatte nach dem Verschwinden der Prinzessin befohlen, ihn abzustellen. Er ertrug das muntere Geplätscher nicht mehr.
Um diesen Brunnen wurden die drei Gefangenen geführt,

so daß sie schließlich mit dem Rücken zu ihm standen. Vor ihnen saßen die Mitglieder des Ministerrats und etwas erhaben wie auf einem Thron der oberste Richter. Dieser fragte den Gendarmen, welche Untat der reiche, dicke Mann Hella und den Kindern zur Last legte.
Gerade wollte der Beamte antworten, da rumorte und gurgelte es im Grunde des Brunnens.
Alle lauschten erschreckt und sahen dann mit Staunen, wie ein mächtiger Wasserstrahl emporschoß.
Auf seiner höchsten Höhe fächerte er sich auseinander und stand dann, niederrieselnd wie ein silberner Vorhang, hinter dem Mädchen mit den beiden Kindern.
Obwohl der oberste Richter ebenso verwirrt war wie die anderen, zeigte er es nicht. Ruhig, als wäre nichts geschehen, wiederholte er seine Frage.
In diesem Augenblick flüsterte Hella vor sich hin:
"Ich kenne die beiden Affen ganz bestimmt ... "
Der dicke Mann an ihrer Seite hörte die Worte. Er erschrak fast zu Tode und schrie: "Sie ist eine Hexe! - Sie will den Gendarmen und mich zu Affen verwandeln."
Dann drehte er sich um und wühlte sich in panischer Angst durch die Menschenmenge hinaus. Auch der Gendarm war sehr blaß geworden, aber er blieb tapfer stehen, um mit amtsmäßig fester Stimme seinen Bericht zu geben.
Alle Minister hatten aufmerksam gelauscht. Einer der Männer fragte:
"Wieviel Birnen wurden gestohlen?"
"Zwei, Herr, für jedes Kind eine."
"Waren es nicht mehr? Ich sehe drei Gefangene."

"Nein, Herr, das große Mädchen aß nichts."
Da erhob sich der oberste Richter und sprach:
"Dem reichen Mann wurden zwei Birnen entwendet von einem Baum, der voll von diesen Früchten hing, und es ist mir bekannt, daß dieser Mann viele solcher Bäume hat. Also ist sein Verlust nur gering. Der Ministerrat beschäftigt sich nicht mit derartigen Kleinigkeiten, - ja, es ist seiner unwürdig. Die Klage wird abgewiesen."
Er wollte sich wieder setzen, da trat Hella einen Schritt vor und rief:
"Die zwei großen Birnen, gegessen von zwei armen Waisen, sind keine Kleinigkeit. Sie bedeuten eine schwere Anklage gegen den reichen Mann, gegen die ganze Stadt und besonders gegen euch, Herr Minister, denn ihr habt es zugelassen, daß elternlose Kinder kummervoll und verlassen umherirrten, daß sie vor Hunger weinen mußten. Nennt ihr so etwas eine Kleinigkeit?"
Erregt und zornig hob Hella ihren Arm und wies mit ausgestrecktem Zeigefinger auf den obersten Richter.
Der stand steif, wie aus Stein gemeißelt, da und starrte mit weitaufgerissenen Augen auf die Hand des Mädchens und auf den großen Aquamarin, der bei der raschen Bewegung eine leuchtendblaue Spur gezogen hatte.
Fast war es nur ein Flüstern, als er mit stockender Stimme fragte: "Woher hast du den Ring?"
Hella hatte dem Schmuckstück nie eine große Bedeutung gegeben. Deshalb entgegnete sie fast ungeduldig: "Ich weiß es nicht, ich trug ihn schon immer."
"Würdest du ihn mir einmal reichen?"

Bereitwillig legte Hella das Kleinod in die ausgestreckte Hand des Mannes. Er wollte es betrachten, aber da saß der Ring schon wieder auf ihrem Finger.
Man könnte denken, die Sonne ginge zum zweiten Male über dem Schloß auf, so hell wurde es in dieser Minute.
Der oberste Richter und der Ministerrat und alle Leute im Schloßhof beugten sich tief vor der verblüfften Hella. Der oberste Richter aber führte sie zu dem thronartigen Stuhl. Der war so groß, daß die beiden Kinder auch noch Platz darauf fanden. Und er sagte mit heller, fröhlicher Stimme: "Sieben Jahre haben wir auf die Prinzessin gewartet. Nun ist sie gekommen. Hoch lebe unsere Königin Hella - hoch - hoch - hoch !"
Alle, die es hörten, stimmten in den Ruf mit ein. Er pflanzte sich fort hinaus in die Gassen, in die Stadt und immer weiter, bis das ganze Land zu jubeln schien. Auch der dicke, reiche Mann, der draußen vor der Brücke stand, schrie es. Ja, er tat es sogar am lautesten.
Da trat der Gendarm zu ihm und sagte:
"Nun brüllst du wie zehn Ochsen dein 'Hoch lebe die Königin Hella' und vor einer halben Stunde sollte ich sie noch für dich verhaften. Die Königin ist nämlich das Mädchen mit der blauen Schmetterlingskrone."
Da wurden die Augen des Dicken wie zwei Taler so rund. Er spitzte den Mund und stöhnte: "Ooo!"
Seine Beine versagten ihm den Dienst, und er setzte sich mit hörbarem Plumps platt auf den Kopf des rechten Affen. Wagrien aber wurde unter Hellas Schutz das glücklichste Land der Welt, und wenn einer es einmal sehen will, so

fahre er nur immer weiter nach Norden, bis er in eine Gegend kommt, in der keine hungrigen, vor Kummer weinenden Kinder umherirren, sonder fröhlich in saftige Birnen beißen und miteinander spielen, in der ein Nachbar dem anderen gern etwas gibt und ihm freundlich hilft, auch wenn er selbst nicht im Überfluß lebt.
Das ist Wagrien.
Wer weiß, vielleicht findet er es sogar.

Meeresmuschel und Seifenblase


Er war tüchtig. Er war klug und ehrgeizig und hatte eigentlich den Traumjob seines Lebens gefunden. Für ein großes Reiseunternehmen flog er um den ganzen Erdball, um neue Urlaubsziele zu erkunden, die auch für den verwöhntesten Geschmack noch sehenswert sein würden.
Zur Zeit graste er die Inselschwärme der Südsee ab. Er hatte sich viel von diesen Kleinodien im Pazifik versprochen und auch etliches ungewöhnlich interessant gefunden, aber einsame Paradiese gab es selbst hier kaum noch; denn was dem Westen fern ist, liegt dem Osten nahe. Auch Asiaten sind reiselustig.
Es war für ihn wirklich nicht leicht, typische Landschaftsaufnahmen mit Eingeborenen zu machen, ohne daß ihm einige salopp gekleidete Touristen in die Kamera grinsten. Sie störten ihn bei seiner Arbeit, und manchmal wünschte er sie von ganzem Herzen dahin, wo der Pfeffer wächst, ohne zu bedenken, daß er ja im Grunde gerade für diese Menschen arbeitete.
An einem Sonntagmorgen wollte er den lauten Trubel hinter sich lassen. Er fuhr mit einem kleinen Motorboot auf das Meer hinaus, hinüber zu einem winzigen Eiland, von dem er annahm, es läge zu abseits, um Fremde anzulocken. Das Inselchen war ihm vom Flugzeug aus wie ein in Bernstein gefaßter Smaragd erschienen. Seine grün bewaldete, hügelige Mitte umschloß ein breiter gelbgold leuchtender Strand.

Durch seinen heißen Sand watete der Weltreisende jetzt barfüßig in östliche Richtung. Ein leichter Wind wehte ihm ins Gesicht. Er schmeckte nach salzigem Wasser und ein wenig nach Fisch oder Tang. Außer dem Rauschen der Bäume und dem Klatschen der heranrollenden Wellen war nichts zu hören. Nur hin und wieder segelte ein Vogel vom Land zum Meer - oder umgekehrt - über seinen Kopf dahin, ihn mit schrillem Schrei begrüßend.
Der Mann fühlte sich wie im Paradies und dachte: Diesen Tag habe ich mir redlich verdient. Als er, um einer schmalen Bucht auszuweichen, etwas tiefer ins Land hineinging, stieß sein rechter Fuß an eine große hellweiße Muschel, die er aufhob. Er kam an eine weiße Hütte. Es war nichts Besonderes an ihr. Man findet diese Art hier sehr häufig in den Dörfern. Der Reisereporter hatte allerdings gedacht, die Insel sei unbewohnt.
Im Schatten der Hütte saß auf einer Bank ein alter Eingeborener. In diesen Breiten nennt man sie Kanaken. Der Mann wob aus langen Pflanzenfasern von unterschiedlicher Färbung einen Teppich. Seine Hände waren lang und schmal. Sie zogen mit großer Geschicklichkeit die Fäden zu einem Muster von bezaubernder Schönheit ineinander. Obwohl das Material fast wertlos, zumindest von ganz geringem Wert war, schien es dem Fremden, als schaue er auf eine erlesene Kostbarkeit.
So ist es auch mit dem menschlichen Leben. Nicht das Material des Fadens, sondern die Art und Weise, in der er versponnen und gewebt wird, ist entscheidend. Wie häßlich

und aufdringlich wirkt mancher Brokatmantel neben einem kleinen Schal aus feinem Leinen.
Verwirrt über seine eigenen, für ihn ganz ungewohnten Gedanken wünschte er dem Eingeborenen einen guten Tag und erklärte, daß er vom Flugzeug aus diese schöne Insel gesehen hätte.
"Ja, sie fliegen oft über uns hinweg", erwiderte der Alte, "wenn sie sehr hoch sind, sehen sie wie silberne Vögel aus."
"Waren sie schon einmal in so einem Flugzeug?"
"Nein, noch nie, aber ich weiß, wie es in ihnen aussieht. Sie sind kleine, in sich abgeschlossene Welten. Die Menschen darin stehen für einige Stunden einander näher als ihren engsten Verwandten auf der Erde; denn sie teilen alle das gleiche Schicksal. Eigentlich sind sie Gefangene in einem technischen Universum, das sehr verletzlich ist. Ein Gedankenfehler der Konstrukteure, ein falscher Handgriff des Piloten und die dünne Schale, die alles halten soll, zerplatzt wie eine Seifenblase. Vielleicht hört noch jemand einen Knall, aber dann ist nichts mehr da."
Der Mann aus dem Norden war schon unzählige Male geflogen. Aus dem ersten großen Erlebnis hatte sich im Laufe der Zeit langweilige Routine entwickelt. Kaum wurde es ihm auf seinen vielen Reisen noch bewußt, über den Wolken zu sein und zu fliegen. Das große Abenteuer war gähnender, grauer Alltag geworden.
Jetzt stiegen allerdings unruhige Gedanken in ihm auf. Er fühlte so etwas wie Furcht, weil es ihm klar wurde, daß er sich immer einem System anvertraut hatte, von dem er

absolut nichts wußte. Sicher, er würde auch in der Zukunft Flugzeuge besteigen, aber gewiß nicht mehr so gedankenlos und gleichgültig wie bisher. Jetzt würde er es ganz bewußt tun und jeden Höhenflug mit sehenden Augen erleben.

Schon zum zweiten Male hatte der Kanake den Gedankengängen des Reisenden vollkommen fremdartige Wege gewiesen. Das behagte diesem gar nicht; denn er hatte das Gefühl, dem kulturell doch so viel Tieferstehenden unterlegen zu sein.

Deshalb war es wohl nur ein banales Ablenkungsmanöver, als er ihm eine große Muschel entgegenhielt und sagte: "Sie lag verborgen im Sand, ich stolperte darüber, - fast wäre ich gefallen."

"Es ist eine ungewöhnlich große und schöne Meeresmuschel", sagte der Alte und stand von der Bank auf. Jetzt überragte er den Nordländer um Kopfeslänge, und der war sich plötzlich gar nicht mehr sicher, wirklich einen Greis vor sich zu haben, weil nichts in seiner Haltung und Gestalt auf Schwäche oder Gebrechlichkeit des Alters hinwies.

"Es ist eine ungewöhnlich große und schöne Muschel", wiederholte der, "wenn man hineinhorcht, kann man das Rauschen des Ozeans hören." Dabei lächelte er sein Gegenüber auffordernd an. Aus seinen schmalen dunklen Augen leuchtete eine geradezu kindliche Freude.

"Donnerwetter, das ist also die magische Mischung dieser braunen Weisen - halb Greis und halb Knabe." Doch kaum gedacht, wurde er sich schon der Boshaftigkeit seiner

Gedanken bewußt. An dem Eingeborenen war wirklich nichts senil oder kindisch. Er zeigte nur Güte und Arglosigkeit.
Halb aus Scham, aber auch, weil er den Älteren nicht enttäuschen wollte, hob er die Muschel an sein Ohr. Er schloß die Augen und horchte hinein. Mit tonloser, rauschender Stimme sprach das Meer zu ihm.
Welle auf Welle lief kräuselnd heran, rutschte mit breiter Zunge hinauf auf den Strand, um von dem gelben Sand zu lecken. Satt und träge zog sie sich danach flachgefächert wieder zurück in die seichte See.
Hin und wieder knackte und knallte es in der tiefen Weite des Meeres. Dort traf das Wasser auf ein langgezogenes Riff, das der Insel vorgelagert war. Hochspritzend baute es sich hier zu einer schaumbedeckten Woge auf, die nun rauschend und gurgelnd heranrollte. Klatschend schlug sie die kleinen Wellen flach und riß sie weit hinein in das Land. Der trockene Sand sog gierig einen Teil von dem salzigen Naß auf.
Ein neuer Ton mischte sich in die Geräusche des Meeres. Er überlagerte sie. Es war ein kräftiges Sausen und Brausen. Der Mann erkannte, daß es das Wehen eines Windes war, nicht gerade ein Sturm, aber doch eine kräftige Brise. Es wunderte ihn, nichts davon zu spüren, er konnte es nur hören. Er hob den Kopf und schaute nach oben. Da sah er vor sich ein breites, hohes Gebäude. In seinem Windschatten stand er. Das Haus hatte keine Fenster, aber ein zweiflügeliges Bronzetor von quadratischer Form. Das untere Drittel der beiden

Türhälften war schlicht und glatt gearbeitet. Es schimmerte in mattem Glanz. Auf dem zweiten, wie willkürlich dort hingestreut, glitzerten zahllose Sterne in unterschiedlichen Größen. In ihrer Mitte stand blank und rund die volle Scheibe des Mondes. Das obere Drittel trug zwei Sonnen. Ihre pfeilartigen, steifen Strahlen füllten die ganzen Flächen bis zu den Torrahmen aus.
Plötzlich wurden sie unruhig, - sie zuckten und blitzten. Die Sonnen begannen sich kullernd zu drehen. Sie wurden schneller und schneller, bis sie schließlich in wildem Wirbel um ihre Achsen sausten. Es vergingen ungefähr zehn Minuten, bis dieser turbulente Tanz an Schwung verlor und wieder langsamer wurde. Die beiden Sonnen torkelten noch einige Male ruckartig herum und standen dann still wie zuvor. Ihre Strahlen aber waren jetzt keine Pfeile mehr, sondern züngelnde Flammenzeichen.
Da zerriß die Scheibe des Mondes. An ihrem oberen Rand bildete sich ein Keil, der schnell breiter und tiefer wurde. Langsam kippten die beiden Hälften auseinander und standen schließlich wie zwei Zwillingsschalen nebeneinander - jede auf ihrem eigenen Torblatt. Diese trennten sich lautlos aber rasch voneinander und gaben den Weg frei in das Gebäude.
"Wollen wir hineingehen?", fragte der Kanake. Mit bloßen Füßen schritten sie über einen Boden aus dunkelgrünem gegossenen Glas. Er fühlte sich glatt und kühl an. Zu beiden Seiten ihres Ganges standen viele lange Holzbänke.
"Wollen wir uns setzen?", fragte der Kanake.
Der Raum um sie herum war dämmerig, fast dunkel. Am

Ende der Bankreihen - oder, genauer gesagt, vor ihnen befand sich ein freier Platz. Über ihm, einen Kreis bildend, hingen sechs Kristallleuchter mit jeweils achtzehn brennenden Wachskerzen. In der Mitte unter ihnen stand ein Mann wie auf einer strahlenden Scheibe. Er hielt seine Augen geschlossen, als ob er schliefe. Bekleidet war er nur mit einer bis zu den Waden reichenden Hose aus metallischem Gewebe.
Ein sanfter Luftzug strich über die Köpfe der Sitzenden hinweg und berührte die Leuchter. Viele, viele Prismen begannen, zitternde Regenbogen zu versprühen und leise zu klingen.
Der Mann im Kerzenlicht hob die Lider, und der Reisereporter erschrak. Zwei Augen, so dunkelblau wie der Himmel über den höchsten Bergen, sahen ihn an.
Er dachte: "Es ist doch unmöglich, er kann mich nicht sehen. Ich sitze im Dunkeln, und er steht im Licht. Ich weiß nichts von ihm, aber er kennt mich, - er sieht mich, - er sieht mich so, wie ich bin."
Ein leiser, fremder Ton stieg aus dem grünen gläsernen Grund, - so dünn und fein wie das Haar eines Kindes. Einem zweitem folgte der dritte. Immer neue Töne drängten herauf - zögernd und tastend wie am frühen Morgen die ersten Strahlen der Sonne, wenn diese noch unter dem Horizont steht. Und ebenso wie nach ihrem Aufstieg das entfesselte Licht den ganzen Himmel beherrscht, erfüllte jetzt die befreite Melodie das große Bauwerk.
Machtvolle Akkorde berührten die Seelen der reglos

Lauschenden, strichen gebündelt wie ein Magnetstab über sie hin und führten alle Sinne in die gleiche Richtung.
Der Mann unter dem Kerzenkranz begann zu tanzen - langsam zuerst und feierlich, wie in sich selbst versunken, - dann aber mit leidenschaftlicher Hingabe an etwas außerhalb seines Wesens - an etwas unvorstellbar Großes. Er tanzte und tanzte und bannte den Mann aus dem Norden so sehr, daß diesem der Schlag seiner Wimpern stillstand. Erst nach langer Zeit fand er die Kraft, mit seinem Nachbarn zu reden.
Leise raunte er: "Ich glaube, der Tanz ist ein Gebet. Spricht der Mann auf diese Weise mit seinem Gott?"
Und der Kanake flüsterte die Antwort: "Der da tanzt, ist ein Gott. Er tanzt seine Schöpfung, er tanzt sie für uns."
Die Musik verklang. Der göttliche Tänzer verharrte mit seitlich gestreckten Armen und geschlossenen Beinen. Jetzt sah er mit seinen Beobachtern in die gleiche Richtung, und während er so still dastand, begann er zu wachsen. Er wurde größer und größer, bis sein Kopf das Dach des Gebäudes berührte. Seine Arme reckten und streckten sich, bis sie an die Seitenwände stießen.
Der Reisende hielt den Atem an; denn was er sah, war ein großes lebendes Kreuz. Der Alte neben ihm spürte sein Erschrecken und sagte mit ruhiger Stimme:
"Nun sehen wir es. Die ganze Welt ist ein Kreuz - von Osten nach Westen - von Norden nach Süden - und in der Mitte steht der Mensch."
Die Kerzen in den Leuchtern waren herabgebrannt. Ein Licht nach dem anderen verlöschte. Als aber der letzte

Docht verglühte, glitt die Wand vor ihnen auseinander und gab den Blick frei in einen Garten von traumhafter Schönheit. Bunte Blumen erhoben ihre Köpfe aus samtweichem Gras oder schmiegten sich, flach dem Boden aufliegend, in es hinein. Bäume und Gesträuch jeglicher Art zeigten stolz ihre Blütenpracht oder trugen schwer an reifenden Früchten. Über allem aber schwenkten hohe Palmen ihre schlanken, biegsamen Wedel. Andere - etwas kleinere - winkten raschelnd mit breiten festen Fächerhänden. Vor den Betrachtern stand in hellem Sonnenlicht die lebendige Natur. Der Gott, der sie ertanzt hatte, trat hinaus und tauchte in ihr unter.
Mit weit geöffneten Augen schaute der Reisereporter, er atmete fast seufzend ein und sagte andächtig: "Wie wertlos ist dagegen jedes Menschenwerk."
"Und doch wäre dies alles nicht ohne uns erschafft worden. Vergiß nicht, in der Mitte steht der Mensch.
Sieh dort jenen Baum oder diese Blume! - Sie wissen nichts von sich. Sie haben zum Sehen keine Augen. Sie haben zum Hören keine Ohren, und niemand gab ihnen die Macht der Gedanken.
Sie brauchen die Augen und Ohren und Seelen der Menschen, um dazusein. Wahrhaft leben können sie nur durch uns."
"Das würde ja bedeuten; jeder Mensch ist ein Gott."
"Oh nein, kein Mensch ist ein Gott, aber er sollte eine seiner wirkenden Hände sein. Durch sein persönliches Erleben vervielfältigt er die Schöpfung jedes Mal um ein Universum."

Nachdenklich sah der Jüngere vor sich hin. Er begann zu ahnen, wie groß die Bedeutung der Menschheit für die Schöpfung ist. Wie im grellen Licht eines jähen Blitzes erkannte er schlagartig die einzigartige Kostbarkeit des menschlichen Lebens, und er wußte: Wer einen Menschen zerbricht, vernichtet eine ganze Welt!!
Die Erkenntnis barg wohl etwas Erschreckendes, aber noch viel mehr Beglückendes in sich. Dieser junge Mann auf der braunen Bank hatte durch den krausen Wirbel seiner unruhigen Gedanken hindurch den Weg gefunden in eine stille Mitte.
Und nun geschah etwas Unglaubliches.
Der ganze Garten kam hinein in die Halle, die keine Mauern mehr zu haben schien. Singend zog er in festlicher Prozession durch den Raum. Sein Gesang hatte eine eigene Sprache; denn alle Vögel, ob sie tief in dichtem Laub verborgen hockten oder frei durch die Luft flogen, ob sie keck schaukelnd auf einem Zweig saßen oder sorgsam die Brut in ihren Nestern bewachten, sie alle hatten ihm ihre Stimmen gegeben.
Es war ein langer Zug, der an den beiden Sitzenden vorbeizog, aber er hatte auch ein Ende. Die Bäume kamen seltener, das Gebüsch wurde lichter, und dann konnte man über flaches Gras und einige kleine Blumengruppen hinweg auf ein hohes, nacktes Felsmassiv blicken. Auch der Gebirgsstock glitt in den Raum hinein. In ungefähr halber Höhe entsprang eine Quelle. Sie stürzte wild und glitzernd schäumend hinab in das Tal, um hier breit und behäbiger, aber doch noch rasch strömend dem Meer

entgegen zu eilen. Unweit der Stelle, an der das Wasser seinen Weg vom Senkrechten ins Waagerechte nahm, lag ein glatter runder Stein. Sein Durchmesser betrug ungefähr siebzig Zentimeter. Er ragte ein wenig aus der Flut heraus, so daß nur hin und wieder ein Gischtregen über seinen grauen Buckel rutschte. Der größere Teil des auf ihn treffenden Wassers mußte sich links- oder rechtsherum einen Weg suchen. Dabei entstanden schmale gebogene Wellen, die mit dem Stein zusammen den Anschein erweckten, als schwämme dieser gegen den Strom. Er ähnelte auf verblüffende Weise einer flußaufwärts strebenden Schildkröte.

Der Mann aus dem Norden beschrieb seinem Banknachbarn diesen Eindruck, und jener gab ihm recht; denn er sagte:

"Je länger wir hinsehen, desto leichter lassen unsere Augen sich täuschen, die dem Irrtum unterliegen. Unser Verstand weiß, daß es so nicht ist. Allerdings ist der Verstand nicht immer klüger als das Auge. Ich denke da an den Strom der Zeit. Wie oft wird gesagt: Nur wer mit der Zeit geht, kommt voran. - Oder man berichtet von einem Menschen, daß er seiner Zeit voraus sei. Dabei stehen wir in ihr so reglos wie der Stein im Wasser. Sie ist es, die uns entgegen strömt, sie fließt an uns vorbei und um uns herum. Wir aber werden, - ebenso wie der Stein, der, eines Tages seinen Halt verlierend, mit hinuntertaumeln muß zum Ozean, von der Zeit der Gegenwart entrissen und hinabgetragen auf den Grund des Meeres, das wir Vergangenheit nennen. Unsere Zukunft ist die

Vergangenheit."
Allmählich änderte sich das Bild der Landschaft. Die Felsen erschienen weniger schroff und die Berge nicht mehr so hoch. Sie sanken langsam herab zu rund geschliffenen, karg bewachsenen Hügelkuppen. Es gab wenig schattenschenkende Bäume und wohl auch wenig Regen in diesem Teil der Erde; denn alle Pflanzen sahen staubgrau und trocken aus. Es war keine Wüste, und es war auch keine Steppe. Es war einfach ein armes Land. Doch gerade hier tauchten die ersten Menschen auf. Das Dorf lag am östlichen Hang einer wallartigen Erhebung. Seine Häuser wirkten wie willkürlich über den Boden gestreut - so, als habe ein Kind Bauklötze einfach aus der Hand fallen lassen. Auf ihren flachen Dächern waren Frauen damit beschäftigt, geerntete Früchte zum Trocknen auszubreiten. Einige Männer arbeiteten in geringer Entfernung auf bescheidenen Feldern. Richtige Straßen waren nicht zu entdecken, nur einige sandige, mit Steinen bestreute Wege. Auf ihnen, zwischen den Häusern, suchte eine Schar Hühner die Reste ihrer letzten Mahlzeit zusammen, aufmerksam bewacht von einem rostbraun geflammten Hahn.
Zierliche Ziegen trippelten umher. Sie zupften mal hier und mal dort an den harten Grasbüscheln, immer bemüht, doch noch einen einigermaßen saftigen Halm zu erwischen.
Ein einziger, schon recht alter Olivenbaum stand ungefähr in der Mitte des Dorfes. Im Schutze seines Schattens spielten schwarzhaarige Kinder mit zwei tolpatschigen jungen Hunden.

Trotz der Dürftigkeit dieses Dorfes schien eine heitere Fröhlichkeit in ihm zu wohnen. Sie verleitete den jüngeren Mann zu der scherzhaften Bemerkung: "Nur ein einsamer Baum für ein Dorf mit fast fünfzig Seelen. - Wird die Betrachtung aus so vielen Augen ihm überhaupt guttun?"
Der Kanake lachte nicht. Mit tiefem Ernst antwortete er: "Nicht nur die Bäume sind wichtig, auch ein Grashalm ist es wert, gesehen zu werden. Außerdem beurteilen diese Menschen ihren Ölbaum nicht nach dem Bild seiner Erscheinung. Sie sagen: Es ist ein guter Baum; denn er gibt uns viele wertvolle Früchte. Und wenn wir sie fragen, ob sie in einem schönen Dorf leben, werden sie sagen: Es ist ein gutes Dorf. - Es ist unser Zuhause. - Es ist unsere Heimat, und es ist gut, in diesem Dorf zu leben."
"Zuhause, Heimat", sinnierte der Reisende, "darüber habe ich eigentlich nie nachgedacht, aber es liegt schon etwas Besonderes in den beiden Worten.
Meine Heimat ist eine kleine Stadt im Norden Europas. Ich wuchs auf in einer Straße, die nur Mietshäuser kannte. Alle Männer arbeiteten in der Fabrik, auf dem Ziegelhof oder im Wald. Die Frauen gingen - wie meine Mutter - waschen und putzen zu Familien, die sich eine Hilfe leisten konnten. Unsere Wohnung bestand aus nur zwei Zimmern und einer kleinen Küche. Wir stiegen an der Hausseite eine Treppe hinauf und standen nach dem Öffnen der Haustür sofort vor dem Herd. Es gab nämlich keinen Flur, und die Küche war nur zwei Meter breit. Dafür hatte sie eine Länge von fünf Metern. Der rauhe, aus grobem Zement gegossene Fußboden fühlte sich immer kalt und feucht an. Aber wenn

man aus dem Fenster sah, blickte man auf einen Holunderbusch von beinahe Baumgröße. Er wuchs im Hof des Nachbarn. Im Sommer dufteten seine elfenbeinfarbenen Blütenteller berauschend, im Herbst hing er voll von lilaschwarzen Beerendolden. Und immer spektakelte zwischen seinen Zweigen eine an Mitgliedern reiche Spatzenversammlung. Gewiß, es war keine einzige Nachtigall darunter, aber ich fand das Geschilpe schön.
Ja, wenn ich so zurückdenke, scheint es mir, als wäre in unserer grauen Straße mit dem zwitschernden Fliederbeerbusch nie Winter oder Herbst gewesen. Ich erinnere mich an keinen trüben Regentag. Zu Hause schien mir immer die Sonne."
Der Kanake hatte den Gedanken seines jungen Nachbarn gelauscht, ohne ihn zu unterbrechen; denn der kluge Alte wußte, daß viele Menschen erst in der Erinnerung das ganze Glück eines Erlebens erfassen können. Gefiltert durch das Sieb der Zeit und von allem Unwesentlichen befreit, steigt es aus dem tiefen Wasser der Seele herauf, um wie frischgewaschenes Gold im Licht des Tages zu glänzen. Auch jetzt sagte er noch kein Wort, er wollte ihm die Zeit lassen, das Schmuckkästchen seiner Kindheit wieder sorgsam zu verschließen.
Grauer Dunst verwischte die leicht gebogene Linie des Horizonts. Ein Unwetter schien sich anzukünden. Aber es waren keine Regenwolken, die dort aufzogen. Ein Geruch nach Staub und Rauch wehte herüber.
"Was brennt denn da so furchtbar? Ist es die Steppe oder ein Wald?"

"Keines von beiden. - Dort stirbt eine Stadt." Knapp und irgendwie hart kam die Antwort des Alten.
Und dann war die Stadt bei ihnen. Sie kam nicht gleichmäßig gleitend wie alles andere vor ihr. Sie fiel herein, mit einem Inferno, als hätte sie der Schlund der Hölle ausgespieen. Häuser brannten oder brachen, Steinbrocken und Fetzen schleudernd, auseinander. In den Straßen hatten sich Trümmer und verkohlte Autos ineinander verkeilt. Aus einem dieser Haufen hervor quoll eine dunkle, dickliche Flüssigkeit. Eine flache Mulde ließ sie zur Lache werden, die bald überlief und als verästeltes Rinnsal im Sand versickerte. Der Reisereporter konnte nicht erkennen, ob es Blut oder nur schmutziges Wasser war.
Gerade noch glaubte er, Zeuge eines fürchterlichen Erdbebens geworden zu sein, da sauste etwas über seinen Kopf hinweg und schlug zu seiner Rechten in die Ruine eines ehemals dreistöckigen Gebäudes ein. Schwarzer Rauch wälzte sich aus den Löchern, welche einmal Fenster gewesen waren, und mit Entsetzen sah er, wie eine Menschengruppe in panischer Angst schreiend aus dem Haus heraus ins Freie rannte.
Da schrillte ein zweites Geschoß heran. Es rammte sich durch die Fliehenden hindurch in den Boden. Keiner schrie mehr, alle lagen verstümmelt und tot zwischen den Trümmern. Nur ein großer gelber Hund klagte wild mit dünner, hoher, fast kindlicher Stimme. Er schleppte sich schwergetroffen hinter das Bruchstück einer Mauer.
Wieder riß eine Granate die Erde vor den beiden

Beobachtern auf. Nahezu blind durch Rauch und Staub, fühlten sie sich wie in einer brodelnden , schmutzigen Wolke gefangen.
Erst als der Unrat auf den Boden gesunken war, sahen sie den Jungen. Barfuß und mit zerfetzten Kleidern stand der ungefähr Siebenjährige verlassen zwischen den toten Körpern. Er stand da - stumm und starr. In der Kälte des Grauens schien er wie im Eis erfroren. So vollkommen allein gelassen, mußte seine Seele den scharfen Schmerz einer Wunde ertragen, die nicht einmal mehr bluten konnte. Das kleine Wesen wußte nicht mehr, wie man weint, aber der Mann aus dem Norden hatte noch viele Tränen. "Weine nicht um das Kind. Es will nicht das salzige Wasser aus unseren Augen. Es braucht unsere Hilfe. Es will gerettet werden." Wohl hörte der Mann die eindringlich gesprochenen Worte des Alten, aber er saß wie gelähmt, er konnte seine Hände nicht heben. Da entglitt ihnen das Kind.
Die Stadt zeigte jetzt ein anderes Gesicht. Zwar waren auch hier die Straßen zerstört, aber man hörte keine Klagen und man sah auch keine Leichen. In der klaffenden Höhlung eines Hauseinganges hielten sich einige Männer auf. Sie rauchten, schwatzten und scherzten miteinander. An ihren Stimmen konnte man erkennen, daß sie alle noch in jugendlichem Alter standen.
"Um diese Kinder der Stadt sollten wir weinen. Vor nicht langer Zeit schrieen auch sie nach Rettung, aber niemand hörte es. Da wandten sie sich in ihrer Hilflosigkeit jenen zu, die ihr Leben zerstört hatten. Es waren Menschen,

deren Welt man einmal zerbrach und die nun nicht allein in der eisigen Glut ihrer Hölle verbrennen wollten. Weine um diese Kinder der Stadt und habe Erbarmen mit ihnen; denn sie führen ein erbärmliches Leben. Ihre Scherze sind grausam, und ihre Fröhlichkeit ist ohne Freude."
Ein Schuß fiel. Langsam rutschte der Junge am Eingang an der Wand herab, bis der Fußboden ihm Halt gab.
Mit wütendem Aufschrei sprang sein Nachbar vor und schleuderte eine Handgranate über die Straße in ein kleines Haus, von dem nur noch die Außenmauern unversehrt standen. In seiner Mitte war es zusammengebrochen. Nach der dumpfen Detonation würgte es stinkenden Qualm und glühende Splitter aus. Eine Stichflamme schoß ins Freie - und mittendrin die brennende Gestalt. Jaulend taumelte sie hin und her, drehte sich in rasendem Schmerz und wälzte sich dann in unvorstellbarer Qual auf der Erde.
Dem Zuschauer war es, als würde kochendes Wasser über sein Herz gegossen, es zog sich wie im Krampf zusammen und wurde ganz klein, es zerschnitt die Brust wie ein scharfkantiger Stein.
Die jugendlichen Banditen aber schüttelten sich in gellendem, krankhaften Gelächter.
Übelkeit stieg in dem Fremden auf. Er schloß die Augen und murmelte: "Wenn das noch Menschen sind, will ich nie wieder einem ins Gesicht sehen." Schlagartig war es ruhig um ihn geworden. Er sah auf. Die unglückliche Stadt war nicht mehr da. Vor ihm lagen zertrampelte Wiesen und ein von Wagenrädern geschundener Feldweg.
Der große gelbe Hund hatte sich bis dahin geschleppt. Er

versuchte, seine tiefe Wunde zu lecken, aber die Anstrengung war zu groß. Er gab es auf, und während er mit zitternder Zunge hechelnd dalag, war es dem Mann, als hörte er ihn sprechen: "Du willst keinen Menschen mehr sehen? - Heute morgen schautest du doch noch ohne Schwierigkeiten in den Spiegel."
Dann brachen seine Augen, aber der letzte Blick dieser schlichten Kreatur war voll abgrundtiefer Verachtung.
Der Mensch schlug die Hände vor das Gesicht. In ihm schrie es: Mein Gott, was haben wir aus deinem Garten gemacht!!
Die große schöne Meeresmuschel war hinuntergefallen und lag nun wieder halbverborgen im Sand. Erschüttert und verwirrt sah der Weltreisende zu dem großen Eingeborenen auf, der gütig lächelnd vor ihm stand, so als wäre überhaupt nichts geschehen. Und dann sagte der Kanake: "Wollen wir uns auf die Bank vor meiner Hütte setzen?"

Zwei große Zauberer und nur eine Frau

Irgendwo im All gibt es eine ganz kleine Welt. Sie schwimmt wie eine Insel im Universum ungefähr so groß, wie man sich den Garten Eden vorstellen mag, und sie sieht so aus wie am Schöpfungstag vor der Erschaffung der Tiere - reine, ruhige und harmonische Natur ohne ein zerstörendes Lebewesen.
Allerdings täuscht der erste Eindruck etwas. Es leben nämlich zwei große, kluge Zauberer in dieser Welt, und dann ist da noch eine Frau, aber sie ist eigentlich unwichtig auf der kleinen Weltinsel. Die beiden Zauberer haben sich ihren Stern in zwei Hälften geteilt. In der einen ist der Zauberer "Links" Herrscher und in der anderen Hälfte regiert der Zauberer "Rechts".
Sie sind zwar keine Feinde, aber bis zur Freundschaft reicht die Beziehung auch nicht. Weil sie nicht ganz einsam existieren wollen, setzt jeder sein Haus so dicht an die Grenze, daß sie zwar nahe Nachbarn, aber doch mit einer Trennungslinie zwischen sich leben können.
Eines Tages baut "Rechts" einen großen bunten Vogel. Er zeigt das Kunstwerk seinem Nebenmann, bläst so lange unter das Gefieder, bis der Vogel, lebendig geworden, in den Wald fliegt, der fast die ganze kleine Welt bedeckt, und freut sich diebisch über die erstaunten Augen seines Nachbarn. Darauf bastelt "Links" sich auch einen Vogel, der genau so groß, aber viel bunter ist. Hinterher macht er noch einen Hasen und ein Reh. Wie man es nicht anders

erwarten kann, formt "Rechts" sofort ebenfalls diese beiden Tiere, dazu Hund und Katze. So hätte es weitergehen können, bis der Wald gedrängt voll von Tieren gewesen wäre. Glücklicherweise sind Zauberer aber kluge Leute, und so beschließen sie, mit der Produktion aufzuhalten, sobald beide haargenau die gleiche Anzahl haben. Das geschieht auch wirklich.

Danach sitzen die beiden wieder Tag für Tag auf ihren Stühlen vor den Hütten, diskutieren geistige Fragen und erfreuen sich ihrer Besitztümer, bis eines Tages Zauberer "Links" durch einen Alptraum aus seinem Mittagsschlaf gerissen wird. Er träumte, ein Teil seiner Tiere hätte in seiner Dummheit die Grenze nicht beachtet oder sogar nicht erkannt und wäre hinüber gewechselt in das Land "Rechts".

Auf der Stelle ruft er seinen Nachbarn und erzählt ihm die schreckliche Geschichte. Der ist verständlicher Weise genau so beunruhigt. Nach langen und gründlichen Überlegungen fassen sie den Beschluß, daß jemand da sein muß, der die Grenze ständig bewachen wird.

Nun ist schnellstens ein dafür geeignetes Subjekt zu finden. "Links" erinnert sich daran, daß es auf ihrem Stern noch ein menschliches Lebewesen gibt. Etwas weiter hinauf im Norden lebt ja in einer Felsenhöhle die Frau. Mitten durch ihre Höhle läuft die von den Zauberern gezogene Grenzlinie. Was wäre einfacher, als ihr den Auftrag zu geben, diese Problemzone zu beobachten und zu schützen, meint er. Aber "Rechts" zeigt sich nicht einverstanden. Er gibt zu bedenken, daß gerade die Grenzlage dieser Höhle

die Frau dazu verführen könnte, selbst wahllos beide Länder zu betreten. Nun ist guter Rat wirklich kostbar.
An einem schönen Morgen haben beide Zauberer fast zur gleichen Zeit eine geniale Idee. Sie wollen sich die Wachmannschaften selber machen. Damit das Gleichgewicht erhalten bleibt, soll jeder zwanzig Menschen herstellen und keinen einzigen mehr.
Sogleich beginnen beide zu tüfteln. Es dauert drei Tage, bis das erste menschliche Geschöpf auf seinen zwei Beinen steht. Danach geht es relativ schnell. Schon nach zehn Tagen sind auf jeder Seite der Grenze zwanzig Beschützer bereit.
Beide Zauberer pusten die noch leblosen Puppen an, damit sie Befehle entgegen nehmen können. Doch bevor dies möglich ist, marschieren die Gruppen schon aufeinander zu, hinein in die Katastrophe.
Im Grunde hätte es gar keine geben müssen, wenn beiden Zauberern nicht ein Fehler unterlaufen wäre. "Rechts" hatte vergessen, seinen Menschen Augen zu geben, und die des Zauberers "Links" können nicht sprechen, außerdem fehlen ihnen die Ohren. So treffen die Blinden auf die Taubstummen, die sich durch so viele tastend ausgestreckte Hände bedroht fühlen. Sie wollen sich verteidigen und stoßen ihre Gegenüber heftiger weg als nötig. Das erschreckt wiederum die Augenlosen. Sie schreien, man solle sie in Frieden lassen, was natürlich keiner hört. Deshalb wehren sie sich kräftig, und als "Links" und "Rechts", die natürlich vollkommen überrascht sind, endlich jedem ihrer Geschöpfe einen Schlag auf den Kopf

geben und sie dadurch wieder zu Puppen machen, liegen auf der linken Seite schon zwei und auf der rechten eine Gestalt zerbrochen auf der Erde.
Ihre Fehler haben die genialen Zauberer natürlich gleich erkannt, und so machen sie sich sofort daran, sie zu beheben. Nach einigen Stunden intensiver Arbeit können alle Puppen theoretisch sehen und hören. Sie brauchen nur noch angepustet zu werden. Da bemerkt "Links" in letzter Minute, daß durch die vorausgegangenen Mißverständnisse auf seiner Seite nun ein Mensch weniger sein wird. "Rechts" gibt zu, ein Ungleichgewicht wäre das Letzte, was sie in dieser prekären Lage gebrauchen können. Also opfert er auf seiner Seite auch einen. Nun ist alles so weit bereit. Beide Gruppen sind mit den Gesichtern zur Grenze hin aufgestellt.
Sofort nach dem Anpusten marschieren sie aufeinander zu. Da entdecken sie die zerstörten Gestalten am Boden, und bevor noch einer der Zauberer eingreifen kann, fallen sie mit wilden Beschimpfungen und Anklagen übereinander her. Sie schlagen so lange wütend aufeinander ein, bis auch der letzte Mensch zerbrochen ist.
Während des ganzen Spektakels haben die beiden Kollegen sich nicht gerührt. Auch jetzt noch starren beide auf das Bild der Zerstörung.
Endlich murmelt "Rechts": "Die Idee war wohl nicht sehr gut."
Und sein Nebenmann brummt: "Den Schrotthaufen können wir wegwerfen, der taugt zu nichts mehr." In der ganzen Zeit stand die Frau im Schatten zwischen den Bäumen und

beobachtete, was auf dem Platz vor den Hütten geschah. Jetzt tritt sie heraus, stellt sich vor die beiden Zauberer und sagt:
"Ihr dürft nicht den Mut verlieren. Versucht es doch noch einmal."
"Wozu? - Es klappt ja nicht", knurrt "Links".
"So wie ich es mir vorstelle, wird es klappen."
Inzwischen ist die Enttäuschung bei "Rechts" schon fast verflogen. Er ärgert sich nur noch, und daß sich nun die Frau blamieren wird, kommt ihm gerade recht.
"Kannst du denn die Menschen wieder herstellen?", fragt er scheinbar erfreut.
„Nein, das ist zu schwer für mich", antwortet sie, "aber ich werde dafür sorgen, daß sie sich gegenseitig nicht mehr vernichten."
"Rechts" blinzelt seinem Partner zu, und der begreift auch schnell. Wie um die Wette flicken sie ihre Geschöpfe wieder zusammen. Als dies geschehen ist, verschwindet die Frau in Richtung Felsenhöhle, nicht ohne vorher darauf hingewiesen zu haben, daß keine einzige Figur jetzt schon angepustet werden darf.
Nach gar nicht langer Zeit kehrt sie zurück mit einer irdenen Schale unter dem rechten Arm und einem Korb in der linken Hand.
Einem Zauberer reicht sie den Korb, der andere bekommt die Schale. Nun befielt sie den beiden, jeder Gestalt ein Auge zu entnehmen und in den Korb beziehungsweise in die Schale zu legen. Beide Zauberer denken, während sie aus ihren Puppen je ein Auge pflücken, darüber nach, ob

einäugige Menschen friedlicher sein werden als zweiäugige. So recht mögen sie es nicht glauben, aber dennoch führen sie den Auftrag gewissenhaft aus. Sie bringen die Behältnisse der Frau und warten gespannt, was sie damit wohl tun wird.
Die Frau nimmt die Schale von "Rechts" und reicht sie an "Links". Dafür erhält "Rechts" den Korb, den "Links" mit den Augen seiner Puppen gefüllt hat. Dazu kommt die kurze Anweisung, alle Augen auf der anderen Seite, also im Tausch, wieder einzusetzen.
Daraufhin setzt sie sich zwischen den beiden Stühlen auf die Erde. Mit sehr gemischten Gefühlen machen sich "Links" und "Rechts" ans Werk, Sie fürchten, einer Spaßmacherin aufgesessen zu sein oder sogar einer Schwachsinnigen.
Nun, da das letzte Auge wieder in einem Kopf steckt, befielt die Frau zu pusten. Kaum ist es ausgeführt, gehen beide Gruppen mit ausgestreckten Händen aufeinander zu. Sie begrüßen sich freundlich und reden miteinander, ja, einige setzen sich sogar zu längerem Plausch auf den Boden.
"Nun, hat es geklappt?" fragt die Frau.
"Links" nickt noch ganz verdutzt, aber "Rechts" zischt: "Nichts hat geklappt, die Horde wird doch niemals unsere Grenzlinie bewachen. Sie trampeln fast alle selbst darauf rum."
Natürlich hat die Frau diese Worte gehört und antwortet:
"Die Menschen hier auf dem Platz vor euren Hütten werden wirklich nicht mehr gegen einander kämpfen. Das

kommt daher, weil jeder auch mit einem Auge aus der Sicht des anderen sieht."
"Wieso habe ich es nicht vorher gespürt, daß die Frau nur Unordnung bringen kann", brummt "Links".
Sie aber hockt zwischen den Stühlen und lächelt.

Der Sohn

Vor langer, langer Zeit lebten hoch im Norden am Rande eines kleinen Dorfes, das zu einem Rittergut gehörte, ein Holzfäller und seine Frau.
Mit ihren fünf Kindern, drei Jungen und zwei Mädchen, wohnten sie in einer winzigen Strohdachkate, die neben der Küche nur eine einzige Stube hatte. Sie waren sehr arm.
Trotzdem litt die Familie keine ganz große Not; denn die Frau ging in das Gutshaus und auf die Bauernhöfe in der Umgebung, um dort die schmutzige Wäsche der Leute zu waschen. Auch ihre vier älteren Kinder verdienten durch Garten- oder Feldarbeit manchen Nickel dazu, den sie gewissenhaft zu Hause ablieferten. Nur das Kleinste, ein Sohn, war noch nicht in der Lage zu helfen. Als Baby konnte es nur in der Wiege liegen und mit fröhlichem Glucksen und Jauchzen die Eltern erfreuen.
Am Abend eines langen Arbeitstages geschah dann das Unfaßbare:
Ein zu früh fallender Baum erschlug den Mann.
Verzweifelt stand die Frau nun vor den Scherben ihres bescheidenen Glücks. Wie konnte die Familie nach dem Verlust des Mannes und Vater der Kinder weiter leben ohne zu hungern? Sie wußte weder ein noch aus.
Da tröstete sie der älteste Sohn. Er sagte:
 "Mutter, verzage nicht! Es sind ja nur sechs Mäuler zu stopfen, aber zehn Hände da, um das Nötige heranzuschaffen."

Seine Geschwister nickten und versprachen zu helfen, wo sie nur konnten. So geschah es.
Die Jungen verdingten sich als Feldarbeiter bei den Bauern, und die Mädchen gingen ins Herrenhaus. Sie wurden Küchenmägde.
Zu ihrem Glück gab es dort eine warmherzige Köchin. Die erlaubte ihnen, den kleinen Bruder in der Wiege mitzubringen, damit dieser nicht ohne Aufsicht wäre.
Es dauerte gar nicht lange, da hatte der Knirps die Herzen aller Dienstboten gewonnen. Er wurde ihr Hätschelkind und so mit Leckerbissen gefüttert, daß er bald rund und rosig aussah.
Zum Dank schenkte er ihnen das bezauberndste Lächeln, das je ein Mensch gesehen hatte. Wenn er freundlich den kleinen Mund verzog, zeigten sich in beiden Wangen tiefe Grübchen, die ihm ein lustiges, aber auch liebliches Aussehen gaben. Dabei glänzten seine großen Augen wie Veilchen unter den ersten Tautropfen an einem Sommermorgen. Der Junge war ein ungewöhnlich schönes Kind.
Die Herrschaften in den oberen Etagen hörten von diesem Wunderknaben. Sie ließen sich den "kleinen Engel" bringen und bestaunten die Locken, so fein und glänzend wie gesponnener Sonnenschein, den dichten Wimpernkranz um die leuchtend blauen Augen und die feine Haut, zart wie ein Rosenblatt. Sie befanden:
"Dies Kind gehört nicht in die Küche."
Deshalb ließen sie sich die Wiege an jedem Morgen bringen und behielten sie bis zum Abend.

Das ging eine lange Zeit so weiter. Der Junge gedieh und wurde kräftiger als seine an Trockenbrot gewohnten Geschwister. Schnell war aus dem süßen Krabbelkind ein richtiger Junge geworden.
Da wurde es den Herrschaften langweilig.
Seine Schwestern sollten ihn nun nicht mehr täglich mit ins Haus bringen. Er könne laufen und würde jetzt selber auf sich acht geben.
Die Mutter war der gleichen Meinung. Sie trug ihm einige einfache Arbeiten auf. So hatte er den Fußboden in der Kate sauber zu fegen und sollte gebrauchte Teller und Löffel abgewaschen wieder ins Bord stellen.
Es wurde für sie eine herbe Enttäuschung.
Als die anderen am Abend müde von dem langen Tagewerk nach Hause kamen, war nichts geschehen. Das Geschirr stand schmutzig verkrustet auf dem Tisch, und der rötliche Lehmboden in der Hütte sah grau, wie mit Schlamm verschmiert, aus. Die Mutter wurde erst traurig und dann zornig. Sie versuchte mit strengen und mit guten Worten, sein Verhalten zu ändern, sagte ihm, daß auch er zum Unterhalt der Familie beitragen müsse.
Es half alles nichts. Der Junge blieb faul. Wenn seine Geschwister ihm Vorhaltungen machten, schlug er nicht selten auf die schwächeren ein. So waren sie froh, wenn er sich oft tagelang im Walde herumtrieb.
Als er eines Abends nach langer Abwesenheit wieder einmal die kleine Kate betrat, saß seine Mutter am Küchentisch und weinte bitterlich. Nun war er doch ein wenig erschreckt.

Verunsichert fragte er, weshalb sie denn so viele Tränen vergösse.
Die Mutter sah ihn traurig an und seufzte:
"Ach, Junge, ich sorge mich so sehr um dich. Was soll nur aus dir werden?"
Er lachte und antwortete:
"Auf keinen Fall wird aus mir ein armseliger Holzfäller. Du wirst schon sehen, ich mache das ganz große Geld, ohne meinen Rücken krumm zu arbeiten. Eines Tages lebe ich in einem Palast, der das Herrenhaus bescheiden aussehen läßt."
Dann bedachte er seine Mutter noch ein letztes Mal mit einem strahlenden Lächeln und verschwand für immer.
Die Geschwister trauerten ihm nicht sehr nach. Sie empfanden sogar, das Leben ohne ihn wäre leichter.
Er aber machte sich sofort an die Ausführung des Planes, ohne Arbeit Geld zu verdienen. Mit seinem guten Aussehen fand er schnell Menschen, die ihm vertrauten. Er betrog sie alle. Wenn ihm die Lage zu brenzlig wurde, verschwand er einfach und setzte sein Treiben an einem anderen Ort fort. Oft wollten die Hintergangenen nicht einmal an einen Betrug denken. Sie sagten sich:
"Ein so schöner, freundlicher Mensch kann doch nicht schlecht sein. Bestimmt hat ihn ein Unglück daran gehindert, wieder zurück zukommen. Vielleicht ist der arme Kerl sogar tot. Wir werden ihm ein gutes Andenken bewahren."
So hatte er in kurzer Zeit ein großes Vermögen zusammen getragen, und wie er seiner Mutter damals angekündigt

hatte, ließ er sich auf dem höchsten Berg der Umgebung ein Prunkschloss bauen. Es stellte das alte Herrenhaus wirklich in den Schatten.

Aber er hatte immer noch nicht genug. Seine Unternehmungen wurden von Mal zu Mal rücksichtsloser. Fast immer schickte er dabei einen anderen Geschäftsmann in den Ruin. Nur ihm selber erging es täglich besser. Unten im Schlosskeller stapelten sich die Geldsäcke.

Einige Leute begannen zu munkeln, es habe mit dem Reichtum dieses Mannes nicht seine Richtigkeit. Der aber verlachte sie nur und nannte sie "kleinliche Neider".

Inzwischen hatten seine Geschwister es durch großen Fleiß auch zu einem gewissen Wohlstand gebracht. Sie hatten geheiratet, sich bescheidene, aber hübsche Häuser gebaut und der Mutter acht Enkelkinder geschenkt, an denen diese ihre helle Freude hatte und die sie mit Stolz erfüllten.

Man merkte ihr aber doch an, daß das jahrelange Spülen im kalten Wasser nicht spurlos an ihr vorüber gegangen war. Ihre Hände begannen zu schmerzen. Sie verzogen sich. Die Finger wurden krumm und knotig. Bald gab es so manche Arbeit, die sie nicht mehr allein zu bewältigen vermochte.

Deshalb trafen sich ihre Kinder, um zu beraten, wie man am besten für die nun gebrechliche Mutter sorgen konnte. Sie baten den jüngsten Bruder, auch dabei zu sein. Der aber schickte nur einen Boten mit der herzlosen Nachricht, es wäre ihm egal, was mit der Greisin geschehen würde. Die anderen sollten nur so handeln, wie sie wollten.

Als jetzt jede der vier jungen Familien der Mutter eine Heimstatt bei sich anbot, lehnte sie ab. Sie wollte lieber in

der kleinen Kate, an der so viele Erinnerungen hingen, bleiben. Allerdings würde sie gerne hier und da einmal Hilfe annehmen.
Es geschah, wie die alte Frau es gewünscht hatte. Unabhängig, aber trotzdem umsorgt von den Kindern, konnte sie ihren letzten Lebensabschnitt beginnen.
Der jüngste Sohn aber spürte plötzlich die große Einsamkeit, in die er sich selber gebracht hatte. Er fühlte sich unwohl und fürchtete, von einer gefährlichen Krankheit befallen zu sein. Sofort ließ er den tüchtigsten und teuersten Arzt kommen. Der suchte lange, fand aber kein richtiges Leiden. Am Ende kam er zu dem Ergebnis, daß der schlechte Lebenswandel Körper und Seele zerfressen hätte.
So etwas wollte der reiche Mann nicht hören. Er jagte den Arzt davon. Andere wurden geholt. Sie alle mühten sich redlich ab, aber helfen konnte ihm niemand.
An einem späten Novembernachmittag betrat ein fremder Herr das Krankenzimmer. Er war groß, schlank und elegant gekleidet. Sein nicht unschönes Gesicht sah klug aus. Deshalb hielt ihn der Leidende für einen Mann der Medizin. Erwartungsvoll blickte er ihm entgegen.
Der Fremde setzte sich bequem in einem Sessel neben dem Bett des Patienten zurecht, schlug in vornehmer Art ein Bein über das andere, lächelte und sah schweigend auf den reichen Mann hinunter.
Dieser ließ es sich eine Weile gefallen, wurde dann aber ungeduldig und polterte los: "Habt ihr nun lange genug gegafft? - Wie ist es, könnt ihr mich heilen oder nicht?"

Der Besucher zuckte ein kleines bißchen mit den Augenbrauen, antwortete dann aber freundlich:
"Dazu bin ich eigentlich gar nicht gekommen."
Hastig stützte sich der Kranke mit den Ellenbogen ab, hob den Kopf und fragte mißtrauisch:
"Und wozu seid ihr denn sonst gekommen?"
"Zum Abrechnen !" - Die beiden Worte kamen so scharf, als sollten sie den Raum, der zwischen ihnen stand, in zwei Teile zerschneiden.
Kreidebleich fiel der Mann auf sein Kissen zurück. Der Schreck hatte ihn so getroffen, daß er erst nach einer ganzen Weile heiser flüstern konnte:
"Seid ihr der Tod?"
"Wenn ich der Tod wäre, hätte ich dich in der Nacht besucht und dir mit sanfter Hand den Weg vom Traum in den tiefen, unendlichen Schlaf gewiesen. - Nein, ich bin nicht der Tod."
"Seid ihr ein Gläubiger oder ein von mir Betrogener? Wollt ihr Geld? Ich gebe euch zurück, was ich euch schulde."
"Ich bin kein Betrogener und schon gar kein Gläubiger. Ich war dein Partner. Deshalb wird jetzt abgerechnet."
Nun lachte der Reiche laut auf. Er hatte schnell seine Fassung wiedergefunden. Hämisch stieß er hervor:
"Also ein Gauner! - damit seid ihr bei mir an den Falschen geraten. In meinem ganzen Leben hatte ich noch keinen Partner. Ich war klug genug, alle Geschäfte allein zu betreiben."
Triumphierend grinste er sein Gegenüber an. Da donnerte der Fremde wie ein Gewitter mit gewaltiger Stimme los:

"Glaubst du wirklich, diese vielen Betrügereien, diese bodenlosen Gemeinheiten hättest du ohne meine Hilfe erfolgreich durchführen können? – Nein! Von Anfang an hast du selber mich zu deinem Partner gewählt."
Endlich erkannte der Mann, wer neben seinem Bett saß. Es war der leibhaftige Teufel.
Aus angstgeweiteten Augen starrte er nun sein Gegenüber an. Der sah hinüber zur großen Standuhr an der Wand und sprach fast feierlich:
"Gleich schlägt die Glocke sechs.
Sechs Stunden hast du noch Zeit.
Dann ist es für dich so weit."
Da begann der Unglückliche zu schreien.
Er schrie so laut, daß seine Dienstboten in panischem Erschrecken aus dem Palast flohen.
Er schrie so laut, dass im Walde die Vögel von den Ästen fielen.
Und er schrie so laut, dass seine Mutter drunten in der Kate, aus erstem Schlaf herausgerissen, aufsprang und noch im Nachthemd barfuß den Berg hinauf stürzte.
Sie sah das Tor des Schlosses sperrangelweit offen stehen und lief hinein. Obwohl sie noch nie in diesem Gebäude gewesen war, fand sie sofort das Schlafgemach. Die Schreie ihres Sohnes waren schreckliche Wegweiser.
Tröstend nahm sie den erbärmlich Jammernden in ihre Arme. Er stöhnte:
"Mutter, siehst du den Teufel neben meinem Bett hocken?"
Erst jetzt sah die Mutter den bösen Gast, und der sprach zu ihr mit sirupsüßer Stimme:

"Wie du siehst, Greisin, hocke ich nicht neben dem Bett deines Sohnes, sondern lehne mit der ganzen Grazie des Fürsten der Finsternis in seinem samtweichen Gestühl."
Die Mutter raffte ihre ganze Kraft zusammen und fragte mutig:
"Was wollt ihr von ihm?"
"Ganz einfach, Ich werde ihn in die Hölle bringen; denn dort hin gehört er schon lange. Selbst du, die du ihn geboren hast, kannst keinen guten Grund finden, der ihn davor bewahrt."
Das mußte die alte Frau einsehen. Also umarmte sie ihr Kind noch fester und sagte tapfer:
"Wenn es so sein muss, nehmt uns beide mit."
"Nein, nein", wehrte der Teufel ab, "dich darf ich nicht mitnehmen. Du bist zu gut."
"Wieso dürft ihr mich nicht mitnehmen? Wer sollte es verhindern? Ihr habt euch vorhin doch selber als den Fürsten der Finsternis vorgestellt. - Es bleibt dabei, wir gehen gemeinsam."
Da sprang der Satan auf, schoß wie ein Blitz im Zimmer hin und her und brüllte:
"Natürlich bin ich der Fürst der Finsternis. Ich bin der Herrscher der Unterwelt. Mir dienen Kaiser und Könige.
Aber ich bin nicht der Herr der Welt. Seinem Verbot muß auch ich mich beugen."
Die alte Frau nickte einige Male weise mit dem Kopf und meinte:
"Das ist allein euer Problem. Ich bleibe bei meinem Sohn."
Der war inzwischen ganz ruhig geworden. Auch der Satan

sagte nun nichts mehr. Seufzend ließ er sich zurück in den Sessel fallen. Stumm saßen die drei in dem stillen Raum. So konnte man hören, wie sich die große Uhr von Zahn zu Zahn mühsam durch die Zeit quälte.
Kurz bevor sie die zwölfte Stunde zu schlagen begann, erhob sich der Satan und glitt zur Tür. Hier drehte er sich noch einmal um und grollte:
"Weib, du hast gewonnen. Bevor ein guter Mensch in die Hölle kommt, muß der Teufel einen schlechten laufen lassen."
Dann verschwand er mit einer Bewegung seiner linken Hand, als wischte er sich selber weg.
Die Mutter aber ließ ihren Sohn sachte auf das Kissen sinken und strich ihm sanft über die Augenlider, auf dass sie sich schlössen.

Dies war ein erbauliches Märchen; denn es fand einen schönen Abschluß. Wie es im Märchen sein muß, wurde das Böse vom Guten besiegt und auch erlöst.
Im richtigen Leben sähe die Geschichte wohl anders aus. Sie wäre hier bestimmt nicht zu Ende. Ein neues Kapitel begönne mit der Überschrift: Die Erben des reichen Mannes.
Da es zu befürchten ist, dass die Geschwister sich wie ganz normale Menschen benehmen würden, verspüre ich keine Lust weiterzuschreiben. Ich liebe nämlich keine endlosen Geschichten vom Streit.

Das Kind


In meiner Erinnerung war der Winter des Jahres 1947 der grausamste und eisigste von allen Wintern, die ich je erlebte.
Es war um die Mitte des Januars, als eine Nachricht unsere ganze Stadt aufrüttelte und erschütterte.
In dem mit Kriegsflüchtlingen belegten Reitstall der hiesigen Reit- und Fahrschule hatte man am Morgen ein totes Kleinkind gefunden. Es war erfroren.
Durch diese Weihnachtsgeschichte versuchte ich damals, mit dem bedrückenden Erlebnis fertig zu werden. Ich erzählte sie am Ende des selben Jahres auf einer Adventsfeier für Konfirmanden, schrieb sie aber niemals auf. Das tue ich heute nach über fünfzig Jahren.


Kurze Zeit nach dem großen Krieg gab es einige Monate, die noch so schrecklich waren, daß kein Mensch sie Frieden nannte. Man sprach von der Nachkriegszeit. In der war jeder nur damit beschäftigt, sich selber und seine engste Familie zu versorgen und am Leben zu erhalten.
Besonders hart traf das Los die Menschen, die ihr Hab und Gut verloren hatten und als Flüchtlinge immer noch durch ein zerstörtes Land ziehen mußten.
Ganz arg erging es einer Gruppe von Heimatlosen, die am Abend vor der Heiligen Nacht bei klirrendem Frost durch

das Tor einer kleinen Residenz kam. Es waren ausnahmslos Frauen und Kinder, die den weiten Weg bis hierher geschafft hatten. Einige schoben vollbeladene Kinderwagen, andere zogen Blockwagen bepackt mit ihrem letzten Eigentum. Hin und wieder hatte ein Kind, wenn es gar zu müde war, oben auf den Sachen sitzen dürfen.

Aber jetzt fühlten sich alle erleichtert; denn die kleine Stadt war noch ein richtiger Ort mit heilen Häusern und schon wieder beleuchteten Straßen. In dem herrlichen, großen Park mit mächtigen Bäumen, von denen nicht eine einzige Krone durch Granaten zerfetzt worden war, stand sogar das alte, weinumrankte Stadtschloß unversehrt an einem stillen See.

Die Flüchtlinge glaubten fest daran, hier endlich Hilfe, vielleicht sogar eine neue Heimstatt zu finden.

Eine der Frauen, körperlich noch kräftig und in der Seele stark, ging allein weiter. Sie suchte das Rathaus und damit natürlich den Bürgermeister, dem sie sich anvertrauen wollte.

Das Gebäude stand finster und verschlossen am Marktplatz. So etwas war zu erwarten. Schließlich wurde es schon Abend und dunkel.

Die Frau klopfte an das Tor eines der Nachbarhäuser. Zuerst rührte sich gar nichts. Sie versuchte es noch einmal. Da wurde die Tür einen Spalt breit geöffnet. Ein ungefähr zehnjähriger Junge stand darin. Die Flüchtlingsfrau konnte in einen Raum hinein sehen. Mehrere Menschen saßen in der Nähe eines rotglühenden, eisernen Ofens. Ein Hauch

von Wärme strich über ihr blau gefrorenes Gesicht. Sie atmete ihn tief und dankbar ein. Dann bat sie um die Adresse des Stadtoberhauptes. Der Junge gab ihr die gewünschte Auskunft und schlug rasch die Tür wieder zu.
Über den Rücken der Frau lief ein Frösteln. Sie hatte dem Jungen in das Gesicht gesehen und die Blicke der Menschen aus dem Raum empfangen. Nur abweisende Härte hatte sie gespürt, kein bißchen menschliche Wärme. Sie wurde traurig, sagte aber den Weggenossinnen nichts von ihrer trüben Ahnung, wollte sie ihnen doch nicht die letzte Hoffnung rauben.
Die Wohnung des Bürgermeisters war schnell gefunden. Wesentlich länger dauerte es schon, ihn herauszurufen, und als er endlich vor den hungernden und frierenden Menschen stand, rief er entsetzt:
"Um Gottes Willen - schon wieder Flüchtlinge!"
Nach einer kurzen Pause fügte er hinzu:
"Zieht nur gleich weiter. In dieser Stadt ist kein Platz mehr für euch. Sogar das Schloß ist mit eures Gleichen voll belegt, und in der Turnhalle unserer Schule schlafen die Menschen schon dicht an dicht wie Sardinen in der Dose auf dem Fußboden."
Die armen Frauen verzagten. Die älteste setzte sich erschöpft auf die Erde und weinte. Sie konnte nicht mehr weiter gehen.
Nur die eine, die Starke, verlor nicht den Mut.
Sie kämpfte. Das bedeutete: Sie bettelte um ein Nachtlager für ihre Gruppe. Endlich ließ sich der Mann erweichen. Er erlaubte den Flüchtlingen, in einem leerstehenden Reitstall

unterzukriechen. So hatten sie wenigstens in dieser Nacht ein Dach über dem Kopf.
Hier war es zwar trocken, doch nur wenig wärmer als draußen auf der Straße; denn alle Fensterscheiben waren zerbrochen oder für irgend welche Reparaturen an anderen Häusern gestohlen worden.
Aber in einer Ecke fand sich noch ein kleiner Haufen Stroh. Er reichte, um die Kleinsten darin zu betten. Die Anderen legten sich eng aneinander gedrängt, in Mänteln und Decken gewickelt, dazu. Sie waren so sehr am Ende ihrer Kräfte, daß sie den Hunger nicht mehr spürten und sofort einschliefen.
Nun war bei dieser Menschengruppe ein Kind, das eigentlich zu niemandem gehörte. Eines Tages hatte es verlassen am Wegrand gestanden und sich ihr stillschweigend angeschlossen. Es war noch recht klein, und da es nie sprach, hielten die Frauen das Kind für stumm. Es gab sich fügsam und bereitete keine Schwierigkciten. Deshalb durfte es mit ihnen laufen.
In dieser Nacht konnte es keinen Schlaf finden. Der Hunger und die Kälte quälten den kleinen Körper zu stark. Das Kind lag nämlich nicht mit in dem Ring von wärmenden Leibern. Die erschöpften Mütter hatten nur noch für ihre eigenen Kinder gesorgt.
Leise, ohne jemanden zu wecken, erhob es sich und wanderte in dem großen Raum auf und ab. Es versuchte, auf diese Weise etwas wärmer zu werden. dabei weinte es lautlos vor sich hin, weil die Sehnsucht nach den Eltern fast unerträglich groß geworden war.

Plötzlich war es ihm, als hätte es Schritte vor dem Stall gehört. Das Kind lief an eines der zersprungenen Fenster und spähte hinaus. Aber draußen herrschte nur Finsternis. Allein ein Stern glitzerte unruhig und sehr hell. Er blinzelte direkt, so als wollte er dem Kleinen eine Nachricht bestellen.
Das Kind freute sich. Es wartete hoffnungsvoll auf etwas, das nun kommen sollte. Vielleicht ein Wunder?
Nach kurzer Zeit sah es mehr Sterne. Sie alle glitzerten hell und immer heller, und dann geschah das Unglaubliche.
Die Sterne wuchsen. Wie bei den Bäumen die Jahresringe legte sich bei jedem Himmelskörper ein Reif um den anderen, so lange, bis sie sich berührten. Eine leuchtende, goldene Straße führte jetzt von der Erde aus steil hinauf bis nach ganz oben.
Das Kind überlegte nicht lange, sondern trat auf sie hinaus. So begann seine wundersame Wanderung von der schwärzesten Nacht ins strahlendste Licht.
Weil es mit den erdigen Schuhen den schönen Weg nicht beschmutzen wollte, hatte es sie ausgezogen. Der Boden war angenehm glatt und weich zu begehen. In seinem Eifer fühlte das Kind auch keine Kälte mehr. Nur die Helligkeit wurde immer stärker. Sie blendete. Bald lief das Kind mit geschlossenen Lidern weiter. Seine Augen konnten auch so den Pfad erkennen.
Zum Schluß war rings herum nichts weiter als weiche Wärme und reines Licht.
Da blieb das Kind stehen. Es hörte eine Stimme und war glücklich. Es erkannte nämlich die Stimme seines Vaters

und dachte jetzt, daß auch die Mutter in der Nähe sein mußte.
Die Stimme fragte:
"Weshalb bist du zu mir gekommen?"
Und das Kind erzählte nun von dem ganzen Elend, von den unglücklichen Müttern mit ihren hungrigen Kindern, aber auch von seiner eigenen Einsamkeit und der Sehnsucht nach Liebe, die es nirgendwo mehr auf der Erde gefunden hatte.
Als es wieder schwieg, hörte es die Stimme noch einmal. Sie sagte:
"Du könntest das Licht und die Liebe wieder zurück auf die Erde bringen. Würdest du es tun?"
Das Kind nickte, und man gab ihm eine brennende Kerze in die Hand. Sie schien ein ganz gewöhnliches Weihnachtslicht vom Tannenbaum zu sein, keinen Zentimeter größer oder dicker.
Da dachte das Kind: "Ich muß mich beeilen, sonst ist die Flamme erloschen, bevor ich unten bin."
So schnell es konnte, lief es zurück. In der einen Hand hielt es die Kerze, und mit der anderen schützte es ihr kleines Feuer.
Doch der Weg hinab in die Tiefe wurde kalt und dunkel. Es leuchteten jetzt nur noch die fernen Sterne und das kleine Flämmchen zwischen den Händen.
Die Füße begannen auf der langen Straße zu schmerzen, und in dem Kind wuchs die Angst, seine Aufgabe nicht mehr erfüllen zu können.
Es lief und lief.

Lief mit brennenden Händen und erfrierenden Füßen durch die Nacht. Die Kerze aber wurde immer kürzer.
Bald lag nur noch der glimmende Docht schmerzhaft in seiner hohlen Hand. Tapfer stolperte das kleine Wesen weiter, bis die Qual zu groß wurde und die verfrorenen Füße versagten.
Es stürzte und verlor das Licht, das die Liebe wieder zurück auf die Erde bringen sollte.
Erstarrt blieb es in der trostlosen Finsternis liegen.
Die fast verlöschte Flamme jedoch entfachte sich im Fallen noch einmal zu ihrer ganzen Größe, wuchs weiter und flog der Erde entgegen. Dabei zersprang sie in tausend – ja, abertausend Feuer. Es rieselte ein Lichtregen auf die schlafenden Menschen herab.
Durch seine Wärme erwachten sie, schauten sich erstaunt um und fühlten plötzlich, daß es so etwas wie Freundschaft, Mitgefühl und sogar Liebe gab.
Ein kleines Kind hatte dies alles zurück auf die Erde gebracht.

Nadia und das gläserne Schiff

Dies ist die Geschichte des Mädchens Nadia. Gestern war es noch fünfzehn Jahre alt. Aber heute hatte es seinen sechzehnten Geburtstag gefeiert. Es war ein schönes Fest mit den Eltern und einigen Freunden gewesen.
Jetzt, da es Abend geworden und dunkel, ging Nadia durch den Garten hinunter zum großen See. Es gibt nämlich noch einen kleinen See, und beide umklammern den nicht sehr großen Heimatort unseres Geburtstagskindes. Es war schon stockfinster, aber das hinderte Nadia nicht, mit raschen Schritten durch das dürre Herbstlaub zur weißen Bank am Ufer des Sees zu gehen. Sie ist nämlich schon lange blind. Diesen Ruheplatz liebt sie sehr, allerdings im Sommer wegen der vielen unterschiedlichen Geräusche und Gerüche etwas mehr als im Winter. Aber auch jetzt in der kalten Jahreszeit war es nicht ganz still um sie herum. Das Wasser gluckste und klatschte rhythmisch gegen die Ufermauer. Im Reet knackte es, und hin und wieder huschte ein kleines Lebewesen durch gefrorenes Gras und dürre Blätter.
Diesmal war da aber noch etwas anderes. Nadia hob den Kopf und lauschte. Wieder hörte sie es. Es kam von der linken Seite - leise hastige Schritte - ein Wispern -, und nun ganz deutlich: "Nadia - Nadia - hier sind wir!"
Nadia wandte den Kopf und entdeckte zwei Gestalten. Sie waren ungefähr so groß wie fünfjährige Kinder. Vor Staunen hielt sie den Atem an. Es war nicht die Tatsache,

daß sie sehen konnte. Denn im Schlaf, im Traum konnte sie es ja auch. Nein, was sie sah, verschlug ihr die Sprache.
Die beiden Kleinen waren keine Kinder. Sie hatten faltige und bärtige Gesichter. Ihre grauen Haare unterschieden sich nur schwach von den hutartigen Kappen aus schimmernder Birkenrinde. Die grünen Westen über glatten, grauen Kniehosen wirkten wie aus Moos gewoben. Ihre nackten Füße steckten in winzigen Holzpantoffeln.
Geduldig hatten beide Männchen die Musterung über sich ergehen lassen. Nun verbeugten sie sich. Das linke stellte sich vor: "Ich bin Os", - das rechte sagte: "Ich bin Wald", - das linke: "und du bist Nadia. Wir haben lange auf dich gewartet." - Das rechte: "Heute ist der Tag."
"Was wollt ihr von mir?" - "Wir möchten dich bitten, mit uns aufs Schiff zu kommen." - "Dort am Ufer liegt es."
Os und Wald hatten abwechselnd geredet. Jetzt aber wiesen beide auf ein winziges Spielzeugboot am Rande des Sees. Nadia mußte lachen und sagte: "Ich würde euch gerne den Wunsch erfüllen, aber ich fürchte, das ist nicht möglich." - "Bitte, versuche es!" - "Du brauchst nur hinzugehen." Wieder hatte zuerst Os und dann Wald gesprochen. Nadia merkte bald, daß diese Weise zu reden, die einem Wechselgesang glich, einer festen Regel, einem Gesetz zu gehorchen schien.
Gutmütig lächelnd erhob sie sich, zuckte aber sofort erschreckt zurück.
Der vorher kurze und gerade Weg begann vor ihren erstaunten Augen länger und länger zu werden. Er wölbte sich in weiten, sanften Wellen, die immer höher wurden.

Dadurch hatten die drei viele Schritte zu gehen, und mit jedem Schritt wuchs das Schiffchen. Als sie endlich davor standen, hatte es die Größe eines normalen Bootes erlangt. Es war vom Rumpf bis zu den Masten und Rahen vollkommen aus Glas. Alle drei stellten ihr Schuhzeug ans Ufer und stiegen vorsichtig hinein. Sofort nahm das gläserne Schiff Fahrt auf. Es glitt rasch über das spiegelglatte Wasser des großen Sees. Der Wind strich durch die zarte Takelage und brachte sie zum Klingen. Sie sang in glockenklaren Klängen eine perlende, sanfte Melodie. Davon wurde Nadia sehr müde. So merkte sie nicht mehr, wie das Schiff aus dem Wasser stieg und in Blitzesschnelle durch die Luft nach Süden dahinflog. Sie erwachte erst wieder, als Os zu ihr sagte: "Nadia, werde munter!" Und Wald: "Wir steigen hier aus."
Nadia war noch ganz verschlafen, aber sie fühlte doch sogleich, daß die Winterkälte einer angenehmen, sommerlichen Wärme gewichen war. Rasch trat sie ans Ufer und sah sich um. Das gläserne Schiff ruhte nun am Rande eines Baches. Er hatte sich sein Bett im Laufe der Zeit tief in den Felsen gegraben - sehr, sehr tief. Nadia vermochte nicht, bis ans Ende der steinernen Wände hinaufzublicken. Bestimmt wäre es hier unten ganz dunkel gewesen, wenn nicht ein leuchtender Vollmond gerade im Zenit gestanden hätte. Die beiden Männchen setzten sich in Bewegung, und Nadia folgte ihnen. Der sehr schmale Gebirgspfad wand sich um Gestrüpp und Steine herum allmählich immer tiefer hinab. Auf dem unebenen, rauhen Boden begannen Nadias nackte Fußsohlen nach einiger

Zeit zu schmerzen. Deshalb war sie auch recht froh, als der Weg ein Ende zu haben schien. Vor ihnen ragte eine Felswand steil auf. Ungefähr in halber Höhe sprang ein Wasserfall aus dem Gestein und stürzte spritzend mit Getöse hinab in den Bach .
Rechts von ihnen schimmerte etwas schwach im Mondlicht. Nadia tastete danach und fühlte ein kühles, dickes Rohr, sie fühlte auch glatte, halbrunde Stufen und wußte nun, daß sie vor einer Wendeltreppe stand. Os und Wald stiegen schon leise schnaufend nach oben. Das Mädchen kletterte ihnen nach, bis sie sich alle drei auf einer Plattform neben dem Wasserfall, aber ein wenig höher als er befanden. Ihre linke Seite berührte einen weißlackierten, hölzernen Laubengang. Man konnte aber nicht in ihn hineingehen, weil zwei dicke Glasbirnen - so groß wie gefüllte Kartoffelsäcke - von allen Querbalken herabhingen. Os und Wald hatten plötzlich jeder einen silbernen Stab in der Hand. Damit schlugen sie leicht gegen die gläsernen Riesenbirnen. Mit einem kräftigen, klaren Klang begannen diese zu schwingen, und zwar so stark, daß sich die linke Kugel ganz nach rechts und die rechte ganz nach links bewegte, bis ein spitzer Torbogen entstanden war. Die beiden Männchen wiederholten dieses Ritual noch viele Male, während alle drei unter den klingenden Bögen bis ans Ende des Ganges schritten.
Hier standen sie vor einem breiten Tor, das aus dem Felsen herausgeschlagen war. Aber auch durch dieses vermochte niemand zu treten. Eine dicke, gelblichgrüne Kugel versperrte den Weg. Nadia meinte, sie sähe aus wie eine

übergroße Stachelbeere. Weil dieses Ding jedoch nur bis zur halben Höhe des Tores reichte, konnte das Mädchen darüber hinweg eine recht lange Kette solcher grüner Kugeln erkennen.
Erwartungsvoll schaute Nadia ihre beiden Begleiter an. Os grinste freundlich, und Wald nahm nun beide Silberstäbchen in seine Hände. Damit schlug er erst links, dann rechts und zum Schluß auf die Mitte der Riesenstachelbeere. Ein lang anhaltender Dreiklang ertönte, und während er allmählich leiser wurde, öffnete sich die Kugel von oben her. Sechs vollkommen gleiche Teile sanken langsam auf den Boden aus blauen Steinen. Ihre jetzt sichtbaren Innenseiten glänzten schneeweiß, nur in der Mitte sah man noch die gelbgrüne Farbe. Die Beere hatte sich in eine voll aufgeblühte Seerose verwandelt. Nun ging es sehr schnell. Beim Niedersinken hatte eines der Blätter die Mitte der nächsten Stachelbeere berührt. Ein dreifacher Ton stieg von ihr auf, und auch diese entfaltete sechs Blütenblätter, deren eines wiederum die dritte Kugel zum Klingen brachte. So ging es fort, bis Nadia und ihre Begleiter auf einer Straße aus schimmernden Seerosen gehen konnten. Als sie diese durchschritten hatten, entdeckten sie zur linken Seite abermals ein Tor. Im Gegensatz zu den anderen war es nicht versperrt. Drei mit silbergrauem Samt bezogene Stufen führten hinab in einen großen, jedoch vollkommen leeren Saal. Sein Fußboden war ebenso mit grauem Samt, der aber etwas dunkler war, bedeckt wie drei seiner Wände und das Deckengewölbe. Eine vierte Wand gab es nicht. Der Raum schien auf der

linken Seite grenzenlos zu sein.
Ohne zu zögern, durchquerten alle drei die Halle. Eine leuchtende Spur auf dem Boden wies ihnen den Weg. Sie erreichten fast am Ende des Raumes rechts eine kurze Treppe, die wieder hinauf zu einer geöffneten Tür führte. Nachdem sie hinausgetreten waren, standen sie auf einem schmalen Balkon. Es war noch dämmerig, aber Nadia konnte trotzdem erkennen, daß sie auf einen fast kreisrunden Talkessel hinunterschaute.
Im gleichen Augenblick ging die Sonne auf, und Nadia hielt geblendet beide Hände vor ihr Gesicht. Dort unten gleiste und glitzerte es in allen Farben. Sie wagte einen zweiten Blick. Wieder war es ihr, als sprängen glühende Funken aus der Tiefe herauf in ihre Augen, die schmerzhaft zu tränen begannen. Trotzdem murmelte das Mädchen ergriffen: "Wie wunderschön!" Es glaubte, in eine gigantische Schüssel, gefüllt mit blitzenden Edelsteinen und leuchtenden Juwelen, geschaut zu haben. Os und Wald sagten nichts. Sie blickten Nadia auch nicht an, sondern stiegen mit gesenkten Köpfen die Treppe vom Balkon hinab ins Tal. Ein wenig bestürzt lief das Mädchen hinter ihnen her. Schweigend schritten sie auf dem hellen Kiesweg dahin. Leise plätscherte neben ihnen der Bach, der auf der anderen Seite des Berges den Wasserfall speiste. Er quoll beinahe am Ende des Tales aus dem Boden.
Die drei hatten beinahe die ganze Wegstrecke zurückgelegt, als Nadia einfach stehen blieb und recht ungeduldig fragte: "Was ist bloß mit euch los? Ihr schleicht

dahin, als müßtet ihr eine Salzwüste durchqueren. Schaut euch doch nur um! Gibt es auf der Erde noch einmal so etwas Zauberhaftes? Grüne Wiesen voller bunter Blumen, blütenbedeckte Stauden und Sträucher, auf denen die schönsten Schmetterlinge sitzen, früchtetragende Bäume und farbenprächtige Vögel in allen Größen. Dort in der Astgabel hockt sogar ein graues Eichhörnchen, und alles ist vollendet geformt aus Glas - oder sind es sogar Edelsteine?"
"Es ist Glas, und es ist schön - aber tot!" Os hatte gesprochen, und Wald fügte bekümmert hinzu: "Kein Falter fliegt, kein Vogel singt, nichts atmet, was leben sollte." - "Ja, natürlich", rief das Mädchen ungeduldig, "ein gläserner Vogel kann weder fliegen noch singen, er ist doch kein Lebewesen." - "Das stimmt!" Zum ersten Male hatten Os und Wald gemeinsam gesprochen. Nadia bat um eine Erklärung, aber die beiden wiesen nur auf die nach oben zurückweichende graue Felswand vor ihnen. Fast direkt zu ihren Füßen führten die blanken Stufen einer weißen Steintreppe ungefähr zehn Meter schräg zur linken Seite hinauf. Sie endeten auf dem flachen Dach eines rechteckigen Hauses, das wie ein Nistkasten für Riesenvögel an der Wand klebte. Eine Tür war nicht zu sehen. Dafür nahm ein großes Fenster fast die ganze Vorderseite des Hauses ein. Das Dach stützte die erste Stufe einer gleich langen zweiten Treppe, die aber rechts nach oben stieg. Auch sie endete auf einem Haus, das dem ersten vollkommen glich. Die Treppe auf seinem Dach wandte sich nun wieder nach links hinauf zu einem dritten

Haus, und die letzte Treppe endete auf einem vierten. Es gab neun dieser eindruckvollen Bauwerke. Acht von ihnen waren gleich lang. Nur die Treppenanlage in der Mitte trug ein Haus mehr. Es thronte mit zwei Säulen, die einen Spitzgiebel trugen, und einem reichverzierten Balkon wie ein Tempel über allen anderen Gebäuden.

Nun war es Nadia, die, ohne ein Wort zu sagen, zu einem der unteren Häuser hinaufkletterte. Auf seinem Dach angelangt, sah sie, daß es doch eine Tür gab oder vielmehr einen Eingang. Er verbarg sich unter einer Kuppel, ähnlich den Souffleurkästen in alten Theatern. Die Öffnung wies zur Felswand hin. Weil dieser Windfang, denn das sollte es wohl sein, aus dem grauen Felsgestein des Berges gebaut war, hatte das Mädchen ihn von der Talsohle her nicht gesehen. Über eine Leiter mit breiten Stufen stiegen nun Nadia und die beiden Kleinen, die ihr gefolgt waren, hinunter in das Gebäude.

Unten angekommen empfand Nadia eine leichte Enttäuschung; denn sie standen in einem ganz normalen Wohnzimmer mit Möbeln aus Holz und Metall. Zwar sahen die etwas anders aus, als sie es gewohnt war, aber man konnte doch gut den gepolsterten Sessel, das mit Kissen belegte Sofa und einen Tisch erkennen. Vor dem großen Fenster entdeckte Nadia eine Wiege mit einem Baby darin. Es sah aus, als spielte es mit so etwas wie einem Beißring. Die Fingerchen hielten ihn ganz fest. An manchen Stellen konnte man den winzigen Abdruck eines kleinen Zahnes entdecken. Die Mutter des Kindes stand vor der mit einem Perlenvorhang verdeckten Türöffnung zu einem anderen Raum. Der Vater saß im Sessel neben dem Tisch. Er schaute seine Frau an und lächelte. Alles wirkte friedlich, harmonisch und natürlich. Deshalb konnte Nadia nicht begreifen, daß sie sich traurig und bedrückt fühlte. So war sie auch erleichtert, als Os und Wald die Wohnung wieder verließen. Sie folgte ihnen bis aufs Dach und danach die nächste Treppe hinauf ins zweite Haus.

Der Wohnraum ähnelte jenem im ersten Gebäude. Aber die Familie war größer. Die Eltern saßen mit ihren zwei Kindern am Tisch. Sie schienen miteinander gesprochen zu haben. Während das ältere aufmerksam seinen Vater ansah, war das jüngere müde vornüber gesunken. Es hatte den linken Arm ausgestreckt auf die Tischplatte gelegt und den kleinen Kopf darauf gebettet. Die Gesichter der vier Glasfiguren waren so menschlich und so liebenswert, daß Nadia plötzlich wieder die Worte hörte, die Wald so bekümmert gesprochen hatte: "Nichts atmet, was leben sollte."

Wie im grellen Licht eines Blitzes erkannte Nadia plötzlich die Wahrheit: Diese Puppen, ja, alle Tiere und Pflanzen im Tal wurden nicht von Künstlerhand modelliert. Sie hatten einmal gelebt!

Entsetzt stolperte das Mädchen die Leiter hinauf aufs Dach. Ohne auf ihre Begleiter zu warten, sprang sie die Stufen hinunter ins Tal. Sie lief, bis sie am Bachufer eine Bank fand. Ihr Herz klopfte wie der Motor eines Lastwagens im Leerlauf, als sie darauf niederfiel.

Os und Wald waren hinterhergerannt und setzten sich nun

erschöpft neben sie. Eine Weile hockten die drei stumm beieinander. In Gedanken versunken starrten sie auf das gleichmäßig dahinfließende Wasser, bis Nadia wieder zu Atem gekommen war und Herr ihrer Stimme: "Was bedeutet dies alles, und weshalb habt ihr mich hierher gebracht?" Die beiden Männchen saßen eine Weile ganz still. Dann sagte Os: "Wald, rede du!" Und Wald begann: "Nadia, zuerst sollst du wissen, daß du dich bei uns auf dem Eiland hinter dem Horizont befindest."
"Auf welchem? Es gibt doch so viele."
"Ich spreche nicht von jenen Inseln, die hinter dem immer wechselnden Streifen zwischen Himmel und Wasser verschwinden, wenn ein Schiff sie verlassen hat. Unser Eiland liegt seit ewigen Zeiten hinter dem Horizont. Es ist das einzige. Wir leben hier mit unserem König Arbol schon seit vielen tausend Jahren. Nun denkst du vielleicht, wir seien unsterblich, aber so ist es nicht. Die Zeit verhält sich bei uns nur anders.
Eines Tages wurde ein Schiff an unsere Küste getrieben. Es waren Menschen darauf, Männer, Frauen und Kinder, so wie du doch auch ein Menschenkind bist, nicht wahr? - Sie fragten, ob wir ihnen erlauben würden, auf der Insel zu bleiben. Sie sagten, in ihrer Welt könnten sie nicht mehr leben. Darauf gab König Arbol ihnen dieses Tal. Damals war es noch ganz wild, aber fruchtbar, wasserreich und warm. Außerdem schützten es die hohen Berge vor jedem Unwetter. Die Wortführerin der Gruppe war eine große, wunderschöne Frau. Man nannte sie Crystal. Sie bedankte sich beim König und zog dann mit ihren Menschen hierher.

Während der ersten hundert Jahre merkten wir nicht viel von ihnen. Sie verhielten sich friedlich und still. Aber eines Tages wurden wir unruhig. Es war in einer schwarzen Neumondnacht, als aus dem Talrund ein breites, gelbes Lichtband in den Himmel stieg. Zuerst dachten wir an den Ausbruch eines Vulkans und sorgten uns um die Menschen. Doch dann erkannten wir, daß das Feuer aus einem Krater niemals so ruhig und ohne Rauch am Himmel stehen würde. Os und ich waren wißbegierig, wir kletterten nach oben auf den Rand des Talkessels und spähten hinab.
Unter uns lag das Tal vollkommen verwandelt. Die fleißigen Menschen hatten aus der Wildnis einen herrlichen Park gemacht. Er gefiel uns sehr. Aber was uns wirklich verzauberte, waren die ungezählten leuchtenden Perlenketten und -schnüre, die den ganzen Grund mit Licht übergossen. Dort unten gab es trotz der finstersten Nacht einen sonnenhellen Tag. Du kannst dir sicherlich denken, daß wir eine längere Zeit auf unserem Beobachtungsposten blieben, und bald vermochten wir auch das Rätsel zu lösen. Die Menschen fingen am Tage einen Teil des Sonnenlichts in kleinen Kugeln ein und ließen es, sobald es dunkel geworden war, wieder frei. Für ihre Wohnungen hatten sie aus diesen Perlen Vorhänge geknüpft.
Als wir die Geschichte in den Wäldern der Insel erzählten, wollte zuerst keiner daran glauben. Dann siegte die Neugier, und in den nächsten Nächten lag unser Volk dicht an dicht oben am Felsrand um den Talkessel herum und schaute verzückt auf das Wunder hinunter. Wir brachten natürlich auch König Arbol Kunde von dieser Entdeckung.

Nun ist bekanntlich ein König niemals neugierig, aber was in seinem Reich vorgeht, will er doch wissen. So beschloß unser König, den Menschen einen Besuch abzustatten. Er benutzte dazu den Weg, den auch wir beschritten haben, um ins Tal zu kommen. Eigentlich hatte der König ihn erbaut, damit die Menschen hineingelangen konnten. Es gab damals auch noch keine Sperren."

Hier unterbrach Nadia den Bericht des Kleinen: "Wieso erbaute König Arbol den Weg, habt ihr dabei nicht geholfen?"

"Unser König hat keine Hilfe nötig. Mit der Kraft seiner Gedanken bewältigt er jede Arbeit allein.

Also, wie es bei den Menschen Sitte ist, wählte Arbol die Stunde vor dem Mittag für seinen Besuch. Auch er konnte sich nicht satt sehen an den Schönheiten des Tales, und er wollte der Dame Crystal seine Bewunderung zeigen. So ging er an den Fuß der mittleren Treppe; denn er vermutete, daß jenes hohe fünfte Gebäude ihr Wohnsitz sei. Er stieg hinauf, kam aber nur bis zum dritten Haus. Zwei männliche Menschen sprangen von oben herab und versperrten ihm den Weg. Der König lächelte freundlich, verbeugte sich höflich und sagte: "Bitte bestellt der Dame Crystal, König Arbol sei gekommen, um ihr seinen Besuch abzustatten." Einer der Männer begab sich nach oben, der andere versperrte aber weiterhin die Treppe.

Es dauerte gar nicht lange, da kam der erste Mensch wieder heruntergesprungen. Lachend rief er: "Königin Crystal kennt keinen König Arbol. Auf dieser Insel, in diesem Tal gibt es nur eine Herrscherin , und das ist Königin Crystal."

Dann ergriffen die zwei unseren König und schleppten ihn nach unten.
Sie trugen ihn an den Bach und warfen ihn hinein. Hartherzig verhinderten sie, daß er wieder ans Ufer gelangen konnte. Immer wieder stießen sie ihn ins Wasser zurück, bis er am Ende in den Berg hineingedrückt wurde. Während der Bach hier im Tal rasch, aber ruhig dahinströmt, stauen sich die Wassermassen im winkelig engen Kanal des Berginneren. Sie drängen nach vorn und werden gedrängt und drehen sich dabei wie ein Mahlwerk gurgelnd um die eigene Achse. König Arbol wurde herumgerissen, durch enge Spalten gepreßt und gegen scharfkantige Steine geschleudert. Zum Schluß stürzte er mit dem Wasserfall hinaus und in die Tiefe. Das spürte er aber nicht mehr; denn ihm waren die Sinne vergangen.
Dem Tode näher als dem Leben erwachte er erst nach Stunden am Uferrand, dort wo unser Schiff angelegt hatte, und es wurde fast Abend, bis er sich aufraffen und den Weg zurückgehen konnte. Dann stand er wieder auf dem Balkon, sah hinunter in das Tal und empfand eine gewaltige Wut auf die Menschen, die weiter lebten, als wäre gar nichts geschehen. Er wollte Rache, hob die Hände und schrie: "Crystal, du bist schön - sei es für immer! - Crystal, du nennst dich Königin - sei es für immer! Crystal, du bist härter und kälter als Stein - werde zu Glas - härter und kälter als Stein und tot wie es! - Bleibe es für immer - und mit dir dein Tal!"
In diesem Augenblick erstrahlten sämtliche Kugeln und Perlenketten; denn es war finstere Nacht geworden. Das

Tal aber gleiste und glitzerte wie eine Schüssel, gefüllt mit vielen tausend Diamanten und Juwelen."
Wald hatte seinen Bericht beendet. Er wirkte nun traurig und erschöpft. Nadia sah ihn lange an. Dann räusperte sie sich und begann mit tiefem Ernst zu reden: "Ich kann euren König verstehen, wenn er schwer gekränkt und rasend vor Schmerz sich rächen wollte. Aber ich kann nicht verstehen, daß er ein ganzes Tal mit allen unschuldigen Geschöpfen in den Tod jagte. König Arbol war, ich empfinde es so, unvorstellbar grausam."
Nun ergriff nach langer Zeit zum ersten Mal Os wieder das Wort: "Ach, Nadia, du darfst es uns glauben, den gleichen Vorwurf machte der König sich schon, als er sah, wie der Fluch in Erfüllung ging."
"Weshalb nahm er ihn dann nicht zurück?"
"Das konnte er nicht. Ein Fluch ist wie der Stein, den du zum Beispiel im Streit nach einem Gegner wirfst. Vermagst du ihn zurückzurufen? - Nein, dein Stein fliegt weiter und trifft den anderen. Vielleicht wird er gefährlich verletzt, was tust du dann?"
Wald hatte ebenso ernst und sehr erregt gesprochen. Etwas verblüfft dachte Nadia nach.
"Ich würde Hilfe holen - meine Eltern oder, wenn die Verletzung schwer wäre, einen Arzt."
"Da siehst du es, - wir haben dich geholt," zum zweiten Mal hatten Os und Wald zur gleichen Zeit gesprochen. Sie hatten sich aufgerichtet und sahen das Mädchen erwartungsvoll, fast erleichtert an.
Nadia brauchte eine ganze Weile, bis sie es begriff: "Ihr

meint, ich soll den Fluch von dem Tal nehmen, ich soll es erlösen?"
Beide Männchen nickten.
"Wie gerne will ich das tun. Was soll ich machen, einen Zauberspruch sagen - oder eine schwere Aufgabe lösen?"
Os schüttelte den Kopf und sagte: "Nein, das ist es nicht. Du mußt das Richtige selber und allein herausfinden."
"Wir dürfen von diesem Zeitpunk an auch kein Wort mehr mit dir reden."
Wald schien nicht sehr glücklich zu sein, als er dies verkündete. Nadia aber, eben noch von heiligem Eifer erfüllt, hatte plötzlich das Gefühl, als hätte man ihr einen vollen Eimer eiskalten Wassers über den Kopf gegossen. Sie sollte einen Fluch aufheben, ein ganzes Tal zum Leben erwecken, aber keiner würde ihr sagen, was sie machen und wie sie es machen müßte. Steif saß sie auf der Bank. Zuerst war sie ratlos, dann verzweifelt und zum Schluß so zornig, daß sie aufsprang und über den Rasen zu einem Baum lief. Dabei spürte sie nicht einmal, wie das harte, scharfkantige Gras unter ihren Sohlen zu spitzen Splittern zersprang. Mit beiden Fäusten hämmerte sie auf den Stamm ein und schrie: "Was soll ich nur tun, weshalb hilft mir niemand? Ich weiß doch nicht weiter!" Als sie das Sinnlose ihres Handelns erkannte, umfaßte sie den Baum mit beiden Armen und begann bitterlich zu weinen.
Da fiel etwas auf ihre Füße. Sie bückte sich und entdeckte einen kleinen, graubraunen Vogel. Er lag mit steif nach oben stehenden Beinchen vor ihr und rührte sich nicht. Voll Mitleid hob Nadia ihn auf und streichelte mit einem

Zeigefinger das harte, strubbeligspitze Gefieder. Unter ihrem Finger und in ihrer Hand wurde es plötzlich warm und weich. Sie fühlte das leise, schnelle Schlagen eines kleinen Herzens, und dann paddelte das spatzenähnliche Wesen auch schon laut schimpfend zwischen ihren zitternden Händen. Sie ließ es los, und der Vogel stob so schnell, wie er konnte, davon. Er überquerte den Bach, landete auf einem Strauch mit blauen, glockenförmigen Glasblüten und begann energisch, sein Federkleid in Ordnung zu bringen. Bald aber war der Platz ihm zu unruhig; denn der dünne Zweig, auf dem er saß, wurde allmählich weich und so biegsam, daß er zu schwanken begann. Der Vogel fand keinen richtigen Halt mehr und flog weiter zum nächsten Busch. Zurück blieb ein lebendiger, sich sacht im sanften Wind wiegender Strauch mit blauen Glockenblumen. Nadia hatte dieses Schauspiel fassungslos mit angesehen. Es dauerte lange, bis sie begriff, was geschehen war. Doch dann jubelte sie: "Os - Wald, ich habe es geschafft!" Die beiden antworteten nicht, zeigten aber auf den Baum, den sie zuerst geschlagen und danach umarmt hatte. Er stand vor Gesundheit strotzend im saftigen Gras. Fast im gleichen Augenblick roch Nadia auch den herbsüßen Duft, den er verströmte. Es war ein Limonenbaum in der ersten Blüte. Viele Insekten summten und schwirrten im Laub seiner Krone herum. Einige verließen ihn und flogen auf die Blumenwiese am Bach, die schon nach den ersten Berührungen zum Leben erwachte. Der kleine Vogel war inzwischen weitergeflogen und landete auf dem erstarrten lockigen Fell eines

mittelgroßen, schwarzen Hundes, der wohl im Spiel an einem ungefähr neunjährigen Jungen hochgesprungen war. Es dauerte nicht lange, da sprang er übermütig bellend herum. Er wälzte sich voller Lust im Gras, so, als wolle er den Staub der letzten hundert Jahre aus seinem Pelz herausbürsten. Mit einem Male hielt er inne, rappelte sich auf, lief zu der Gestalt des Kindes zurück und sprang ungestüm wieder an ihr hoch. Die Statue kippte um, der Hund aber begann, sie mit großem Eifer abzulecken. Dabei winselte er fast zärtlich, so als ob er traurig oder in großer Sorge wäre.
Nadia sah ihre Begleiter an und sagte: "Habt ihr es ebenfalls gemerkt? Die Natur hilft sich nun selbst, aber was ist mit den Menschen?" Denn sie dachte an das Baby in der Wiege und lief bis zur Treppe. So sah sie nicht, wie der Junge energisch den Hund beiseite schob und sich erhob. Ihr Herz schlug, als wollte es zerspringen; plötzlich waren quälende Zweifel da, ob sie auch den Menschen helfen könnte. Wußte sie doch gar nicht, was genau sie zur Lösung ihrer Aufgabe getan hatte. Grübelnd zögerte sie vor der ersten Stufe. Aus Furcht, etwas falsch zu machen und dabei alles zu verderben, wagte sie nicht weiterzugehen. Wer weiß, wie lange sie dort noch verharrt hätte, wären nicht Os und Wald gekommen. Die beiden stiegen mit dem Mädchen zum ersten Haus hinauf und hielten es dabei fest an den Händen.
Nun war Nadia wieder in dem Wohnraum der jungen Familie. Leise trat sie an die Wiege. Sie nahm das Baby behutsam heraus in ihre Arme und schaute hinunter auf das

kleine, zarte Gesicht mit den toten, blauen Glasaugen. Da war es, als zerschnitte ein scharfes Messer ihr Herz. Sie weinte, bis ihre Augen rotgeschwollen und blind von den Tränen waren. Erst als jemand kräftig an ihren Haaren riß, wischte sie sich mit einem Ärmel das Gesicht ab und schaute verblüfft auf das fröhliche Kind, das begeistert in den langen, dunklen Strähnen wühlte. Lachend hinderte sie den Säugling daran, sich die Haare büschelweise in den Mund zu stecken. "Os, Wald, ich glaube, wir werden es schaffen," jubelte Nadia, und die beiden Kleinen nickten glücklich.

Nadia brachte das Baby zu seinem Vater. Sie legte es ihm in den Schoß, strich sachte über die Glasfäden, die einmal seine Haare gewesen waren, und erzählte ihm leise, wie lieb und schön sein kleines Kind sei. Der Mann erwachte nach einer gar nicht so langen Zeit. Er sah das fremde Mädchen zuerst erstaunt und dann entsetzt an; denn Nadia hatte ihm so kurz wie möglich, aber ausführlich von dem Fluch des König Arbol berichtet. Nachdem er alles erfaßt hatte, sprang er auf und kümmerte sich um seine Frau. Das Baby, jetzt wieder in Nadias Armen, begann, unruhig zu werden. Es hatte Hunger und fing an, energisch laut zu schreien. Davon wurde die Mutter, die noch ganz benommen von dem Mann zum Sofa geleitet worden war, hellwach. Sie nahm ihr Kleines auf den Schoß und ließ es trinken.

Als Nadia mit ihren beiden Begleitern die Wohnung verlassen wollte, trat der Mann zu ihnen und fragte, ob er auch etwas tun könne. Das Mädchen war nicht ganz sicher

und schaute ihre beiden Freunde fragend an. Als diese nickten, bat sie ihn, mit nach oben in das zweite Haus zu kommen.
Beim Anblick seiner Nachbarn überfiel den Mann das gleiche Entsetzen, das Nadia wie ein Blitzschlag getroffen hatte; aber er faßte sich schnell, und es gelang ihm, eines der Kinder und mit Nadias Unterstützung auch die Frau ins Leben zu holen. Nun, da es diesen vieren wieder gut ging, erfuhren auch sie, was vor vielen Jahren mit ihnen geschehen war. Die Männer zeigten sich beide hilfsbereit und klug. Sie schlugen dem Mädchen vor, getrennt in die einzelnen Wohnungen zu gehen und, wenn sie es schafften, Menschen dem Leben zurückzugeben, diese zu ermutigen, ebenfalls zu helfen. Nadia hoffte von ganzem Herzen, daß der Plan gelingen möge. Und er gelang. Immer mehr Männer und Frauen liefen Treppen hinauf, gingen in unterschiedliche Wohnungen, kamen wieder heraus und suchten neue auf. Bald wimmelte es im Tal wirklich wie in einem Ameisenstaat.
Noch bevor die Sonne hinter den Bergen verschwunden war, lebte im Tal alles wieder, was atmen konnte und leben sollte - außer der Dame Crystal. Die Menschen trauten sich nicht, hinein in das Gebäude zu gehen, und Nadia hatte diese Frau ganz vergessen. Da trat eine junge Mutter mit einem Baby auf dem Arm zu ihr. Nadia erkannte das zarte Gesicht mit den jetzt lebhaften blauen Augen sofort wieder und nickte ihm lächelnd zu. Die Frau aber blickte ganz ernst und erinnerte das Mädchen an die Königin, die immer noch kalt und erstarrt in ihrem hohen Hause saß. Fast ein

wenig schuldbewußt stieg Nadia daraufhin zum fünften Gebäude hinauf. Sie trat ein und stand nun zum ersten Male vor der Herrscherin der Menschen in diesem Tal. Es stimmte - mit ihrer einzigartigen, prachtvollen Erscheinung war Crystal wirklich eine stolze Schönheit. Etwas zögernd, beinahe befangen, näherte Nadia sich der Statue, die hochaufgerichtet mitten in dem kostbar eingerichteten Hause stand. Sie legte ihre Hände auf die eiskalten Schultern der Frau und sprach leise, aber eindringlich: "Crystal, der Herrscher dieser Insel hat dir verziehen. König Arbol und wir alle hier im Tal wollen, daß du wieder ins Leben zurückkehrst."

Nadia wartete eine Weile, aber es geschah nichts. Sie streichelte die Gestalt, umarmte und schüttelte sie, redete abermals auf sie ein, aber es geschah nichts. Fast stieg Panik in dem Mädchen auf. Nun versuchte es ein letztes Mal, den Bann zu brechen. Es küßte Crystal auf beide Wangen. Die fühlten sich so eisigkalt an, daß Nadia spürte, wie sie selber zu erstarren begann. Da gab sie auf und verließ das Haus der Crystal.

Auf dem Dach des Gebäudes und auf den Treppen standen gespannt wartend die Bewohner des Tales. Nadia schüttelte traurig den Kopf und sagte: "Es tut mir so leid, aber ich kann es nicht mehr."

Sie erwartete Ausrufe der Enttäuschung, aber alles blieb still. Schließlich sagte einer der Männer zu ihr: "Sicher fehlt dir jetzt die Kraft dazu, hast du doch bis zur Erschöpfung für uns gearbeitet. Komm in mein Haus! Da kannst du dich ausruhen." Sie folgte ihm und legte sich in

einem Zimmer aufs Bett. Doch obwohl sie sehr erschöpft war, fand sie keinen Schlaf. Sie starrte vor sich hin und überlegte: "Was habe ich falsch gemacht? Es war bei Crystal doch alles genau so wie bei den anderen. Was fehlte bei ihr?" Sie grübelte, bis sich die Lider über ihre müden Augen legten. Eine Weile trieb sie so in den seichten Wassern des Niemandslandes zwischen Tag und Traum dahin, als ein Gefühl der Unruhe sie grellwach werden ließ. Sie setzte sich auf und schaute in dem Zimmer herum. Außer, daß es dunkel geworden war und der Leuchtperlenvorhang an der Tür den Raum nun in ein milchiges Licht tauchte, hatte sich nichts verändert. Doch dann bemerkte sie etwas - es roch nach Rauch!
Nadia sprang von dem Bett und lief nach nebenan in das Wohnzimmer. Os und Wald standen an dem großen Fenster und spähten nach draußen. Das Mädchen trat zu ihnen und sah mit Erschrecken, wie grauschwarze Rauchschwaden vom Berg herabsanken und an ihrem Fenster vorbeitrieben.
"Es brennt! - Kommt!" - So schnell, wie sie konnte, kletterte sie hinaus auf das Dach. Sie sah nach oben, und ihre Befürchtung erwies sich als wahr. Dicker Qualm quoll aus der Türöffnung von Crystals Palast, und hinter dem großen Fenster entdeckte sie den unruhigen Schein eines Feuers. Auf allen Treppen standen die Bewohner des Tales und schauten hinauf. Niemand rührte sich, es war beklemmend still. Nadia wollte sich einen Weg hinauf zum Hause bahnen, aber das war nicht nötig. Wie von selbst öffnete sich eine Gasse vor ihr und ihren Begleitern.

Mühsam nach Luft ringend, kletterten sie die im dichten Rauch fast unsichtbare Leiter hinunter. Im Zimmer war es etwas klarer, obwohl ein Scheiterhaufen in seiner Mitte brannte. Darüber hing an einem hohen Dreifuß ein großer Kessel mit kochendem Wasser. Es waren fünf Frauen im Raum. Sie hatten der Königin die kostbaren Gewänder ausgezogen und die Statue mit dampfend heißen Tüchern bedeckt. Sowie diese abzukühlen begannen, nahmen die Frauen sie, warfen sie in den brodelnden Kessel zurück und holten neue heiße Laken wieder heraus. Nadia stöhnte vor Schreck, als sie sah, daß die Frauen mit bloßen Händen in das Wasser griffen. Die fünf mußten furchtbare Schmerzen leiden. Nadia wollte eingreifen, aber Os und Wald hielten sie zurück.

Gleich danach sah auch sie, was geschah. Eine Frau entfernte gerade das Tuch vom Gesicht der Crystal, da verzog sich deren Mund wie in großer Qual und zwei dicke Tränen rollten wie Regentropfen über die noch harten, glatten Glaswangen. Ungläubig trat Nadia ganz nahe heran, und das war auch gut so; denn fast in Sekundenschnelle wurde die ganze Figur warm und weich und wäre kraftlos auf den Boden gefallen, hätte Nadia nicht zugegriffen und so den Sturz gemildert. Die fünf Frauen trugen danach ihre Königin auf eine samtbezogene Liegestatt.

"Komm, Nadia," zum ersten Male hatte eines der Männchen wieder gesprochen. Natürlich war es Os; denn Wald sagte jetzt: "Du hast deine Aufgabe gut gelöst." Sie stiegen die vielen Stufen hinunter bis zum Grunde des Tales. Hier am Ufer des Baches dümpelte schon wartend

das Gläserne Schiff. Bevor sie es aber bestiegen, stellte sich Nadia den beiden in den Weg und sagte: "Es scheint so, als hätte ich wirklich etwas Wertvolles vollbracht, eine schwere Aufgabe gelöst; aber ich weiß überhaupt nicht, was ich getan habe. War irgend etwas an meinem Handeln oder in den Worten, die ich sprach, das den Bann löste?"
Os und Wald sahen sich fast verschmitzt an. Nach einer kleinen Weile sprach Os: "Wald, erkläre du es dem Kind!" Und Wald begann: "Nadia, du hättest tun können, was du wolltest, und du hättest sagen können, wonach dir der Sinn stand, alles wäre gleich wichtig oder unwichtig gewesen. Die wirklich rettenden Kräfte waren das ehrliche Leid um ein totes Tal, die Zärtlichkeit für einen unscheinbaren kleinen Vogel und der Schmerz, den du fühltest, als du Tränen über das kalte, starre Baby weintest. Du vermochtest die Dame Crystal nicht zu erlösen, weil du nichts für sie empfinden konntest. Ihre fünf Frauen konnten es, und wenn du nun alles verstanden hast, weißt du auch, daß ihre Heilung nicht von dem kochenden Wasser und den heißen Tüchern abhing." Dann stiegen alle drei ins Boot.
Nadia fröstelte, sie war doch wirklich auf der Bank am See eingeschlafen. Etwas steif in den Gliedern wollte sie aufstehen, da wäre es fast von ihrem Schoß gefallen - ein kleines Segelboot. Es war vom Rumpf bis zu den Masten und Rahen vollkommen aus Glas.

Lisa und Elisabeth - ein Weihnachtsmärchen.

Das zwanzigste Jahrhundert war noch jung und Eutin eine ruhige, kleine Stadt. Da schickte eine Mutter am dreiundzwanzigsten Dezember, also einen Tag vor dem Heiligen Abend, ihre Tochter Lisa ins Nachbardorf Fissau, um Wurst sowie Speck und einige Bratenstücke aus der Räucherkate zu holen.

Weil es während der Nacht geschneit hatte, brauchte das Mädchen nicht die zweirädrige Stielkarre zu nehmen, sondern konnte den Rodelschlitten vom Schuppenboden herunterholen.

Es war so um die Mittagszeit. aber schon dämmerig; denn der Himmel hing schneeschwer und grau über der Stadt und dem Land. Sicher würden bald noch mehr Flocken fallen. Auf den Straßen fuhren kaum Wagen. Nur hin und wieder hörte Lisa die kleinen Glocken eines Klingelschlittens näher kommen oder in der Ferne vorüber bimmeln. In der Stadtmitte, die das Kind aber nur am Rande streifte, wurde es etwas lebhafter, weil viele Leute ihre letzten Weihnachtseinkäufe erledigten. Aber schon hinter dem Voßplatz, am Anfang der Kieler Straße, begegnete es keinem Menschen mehr. Trotzdem war es nun weniger still als vorher; denn vom nahen Rodelberg, dem Kamp, klangen übermütiges Lachen und Rufen herüber.

Lisa lief ein wenig schneller, und bald sah sie auch die ersten Schlitten links vom Berg herab quer über die Straße

in eine etwas tiefer am See gelegene Wiese hinuntersausen. Sehr gerne hätte sie mitgemacht, aber zuerst mußte die Besorgung in Fissau erledigt werden. Also beeilte sie sich.
In der Räucherkate dauerte es dann doch länger als erwartet. Jedes einzelne Stück wurde mit einer langen zweizinkigen Holzgabel von den Deckenbalken heruntergeholt und die daran hängende vollkommen fett- und rauchverschmierte Karte mit den Angaben auf Lisas mitgebrachtem Zettel verglichen.
Nun sollte man meinen, bei nur fünf unterschiedlichen Sachen sei die Arbeit schnell erledigt. Es hätte auch so sein können, wenn das Deckengewölbe nicht dicht gedrängt mit Schinken, Speckseiten und Würsten behangen wäre. Das Suchen nach dem Gewünschten nahm die längste Zeit in Anspruch. So kam es, daß Lisa erst bei Dunkelheit den Rodelberg wieder erreichte.
Natürlich waren alle Kinder schon nach Hause gegangen. Der stille Hügel wirkte finster und verlassen. Enttäuscht setzte sich das Kind auf seinen Schlitten und sah hinüber.
Plötzlich glaubte es, eine Bewegung - in jedem Fall aber etwas Ungewöhnliches - bemerkt zu haben. Es erhob sich und überquerte die Straße. Wirklich, da stand ein Gebäude. Es schien kein Haus zu sein und auch kein Turm, doch hatte es die gleiche Größe.
Lisa schob ihren Schlitten hinter den Knick an der Straße und ging einige Schritte zum Kamp hinauf. Sie kniff die Augen zusammen, um deutlicher sehen zu können. Und jetzt erkannte sie es, wie dahingezaubert ragte eine Windmühle vom höchsten Punkt des Berges auf.

Eigentlich war das Ganze unmöglich. Lisa wußte genau, daß es dort überhaupt nichts Ähnliches gab. Doch sie konnte klar vier Flügel und die etwas schiefe Haube der Mühle erkennen. Die umlaufende Galerie war fast ganz verschwunden. Nur an einer Stelle hielt sich noch ein Rest von ihr. Das lose Ende pendelte wie eine zerrissene Strickleiter hin und her.

Lisa fürchtete sich sehr, aber noch mehr quälte sie die Neugier.

Also stieg sie zögernd und vorsichtig zu dem Bauwerk hinauf, bis sie vor der Mühle, oder besser gesagt, vor ihrem alten ausgebrannten Gerippe stand.

An der rechten Seite entdeckte sie ein türartiges Loch und ging hinein. Es roch in dem stockdunklen Raum durchdringend, ja fast ekelerregend nach verbranntem Holz, Stoffen und anderen Sachen, die das Kind nicht zu erkennen vermochte.

Da sah es neben sich zwei grünschimmernde runde Scheiben, und während es noch entsetzt darauf starrte, begannen sie zu glühen. Sie wurden immer heller, bis die Scheiben wie zwei Lampen den ganzen Raum erleuchteten. Nun erkannte Lisa, daß es die weit aufgerissenen Augen einer Katze waren, die sie so erschreckt hatten. Dabei sah das Tier eigentlich nicht furchterregend aus, eher komisch; denn es schien, als habe sich ein weißes Tier einen schwarzen Umhang übergeworfen. Die obere Gesichtshälfte war auch schwarz, so als trüge die Katze eine Maske. Sie hockte auf den Knien einer - ja, das Mädchen empfand es so - alten Hexe.

Die Frau sah wirklich entsetzlich aus. Halbverbrannte Kleider hingen in Fetzen um die dürre Gestalt. Während ihre klauenhaft gekrümmten Händen unablässig über das knisternde, schwarze Rückenfell der Katze strichen, sah sie das Kind mit schmalen tränenden Augen an. Wimpern und Brauen waren genauso versengt wie die Haare auf dem Kopf. Ein grauer, zusammengeschmorter Rest klebte einem Filzfetzen ähnlich seitlich über dem linken Ohr. Das Gesicht der Alten wurde durch tiefe schwarze Wunden und verkohlte Hautlappen fratzenhaft entstellt.

Lisas erster Gedanke war Flucht, nichts wie weg von hier. Da sagte die Alte, als hätte sie die Gedanken des Kindes erraten:
"Lisa, bleibe bitte! Du brauchst dich nicht zu fürchten."
Sie hatte mit einer schönen, sanften, fast jungen Stimme gesprochen. Deshalb lief Lisa nicht mehr fort.
Neben sich sah sie einen halbverbrannten Haublock. Das ausgeglühte Beil steckte mit der Schneide noch in seiner zerhackten Oberfläche. Sie packte den schwarzen, bröckeligen Stielstumpf des Beiles, zog es heraus und warf es zu Boden. Dann setzte sie sich auf den Klotz und sah die Gestalt fragend an. Diese fuhr fort:
"Du hälst mich für eine Hexe, nicht wahr?"
Das Kind zog hilflos die Schultern hoch, und die Alte nickte wissend mit dem Kopf. "Wenn ich ehrlich sein soll, muß ich zugeben, daß ich selber nicht genau weiß, was eine Hexe ist. Als ich dein Alter hatte, nannte mich auch niemand so. Ich war einfach Elisabeth, das zweite

Kind meiner Eltern. Wir waren arm, nicht gerade so, daß wir hungern mußten, aber es mangelte doch an manchem. Deshalb ging ich oft mit meinem Vater auf die abgeernteten Felder, um liegengebliebenes Korn zu sammeln. Das brachten wir dann ausgedroschen und von der Spreu befreit in diese Mühle.
Dafür bekamen wir Schrot, Kleie als Schweinefutter und Grütze für uns zum Essen.
Der Müller war Witwer und ein rechtschaffener Mann. Eines Tages sagte er zum Vater, daß er mich heiraten möchte; denn er brauchte eine tüchtige Müllerin, und wie fleißig ich war, hatte er gesehen.
Meine Eltern erklärten sich einverstanden. Schließlich bedeutete diese Ehe für mich, in einem gewissen Wohlstand zu leben.
Während der ersten Monate fühlte ich eine fast glückliche Zufriedenheit. Der Müller behandelte mich nicht schlecht. Damit meine ich: Der Müller tat mir nichts zuleide. Daß er mir auch nichts zuliebe tat, merkte ich erst viel später."
Die Katze hatte sich erhoben, ausgiebig gereckt und war dann auf den Boden gesprungen. Nun saß sie vor Lisa und miaute leise.
Es klang wie eine Bitte. Die Kleine hob das Tier hoch und nahm es auf den Schoß. Sofort rollte es sich zusammen und begann unter Lisas streichelnden Händen gemütlich zu schnurren.
Die Alte hatte schweigend zugeschaut. Jetzt verzog sie den Mund wie zu einem Lächeln und fuhr fort mit ihrem Bericht:

"Im Umkreis der Mühle konnte ich keine Freunde finden, weil wir draußen vor der Stadt wohnten und ich mit den Kunden des Müllers nichts zu tun hatte. Im Grunde traf ich nur ganz selten andere Menschen. Deshalb hörte ich auch erst spät und durch einen Zufall von dem, was man über mich erzählte.
Mir war es aufgefallen, daß die Leute ihre Straßenbesen immer neben der Haustür stehen ließen. Ich empfand das als unordentlich und sagte es auch einmal meinem Mann. Der lachte und antwortete: `Die Besen stehen dort nicht immer - nur wenn du in der Nähe bist, stellen die Leute sie vor die Tür. Reisigbesen halten Hexen davon ab, ins Haus zu kommen.`
`Soll ich die Hexe sein?`
Ich war entsetzt. Aber der Müller lachte noch lauter. Dann meinte er:
`Sie sind dumm. Aber hast du nie gemerkt, wie sie mit Zeige - und Mittelfinger ein Kreuz bilden oder rasch eine dicke Stopfnadel in das Kissen stecken, wenn du einmal zu nahe an ein Baby heran kommst? Ihr großes Auge soll das Kleine beschützen.`
Mir war es vorher nicht aufgefallen, aber jetzt achtete ich darauf und mußte feststellen, mein Mann hatte nicht gelogen.
Darüber war ich so unglücklich wie nie zuvor in meinem Leben. Von dem Tag an ging ich kaum noch in die Stadt, und niemals sprach ich wieder mit einem Menschen - außer mit meinem Mann natürlich. Obwohl ich wußte, daß die Leute nun fest davon überzeugt waren, ihr Antizauber hätte

gewirkt, war es mir egal.
Eines Tages saß der kleine Kater vor der Mühle. Er hatte sich mit der Vorderpfote das Gesicht geputzt und sah mich nun mit großen Augen an. Dabei hielt er seine Pfote noch vom Putzen so hoch, daß er den Kopf etwas senken mußte, um darunter durch sehen zu können.
Er hatte vergessen, die Zunge wieder zurück zu ziehen und streckte mir das kleine rote Ding nun so drollig entgegen, daß ich laut lachen mußte. Der Müller kam eilig um die Ecke herum gelaufen, als er es hörte; denn ich hatte in seinem Hause noch nie gelacht. Er erlaubte mir, das Tier zu behalten. Ich nannte es `Pitschi`, und wir beide wurden Freunde für alle Zeiten.
In den nächsten Monaten hausten wir drei nun ruhig und friedlich neben einander. Weil ich eine folgsame Ehefrau war, zankten wir uns eigentlich nie. Nur manchmal, fühlte ich Bitterkeit in mir aufsteigen, wenn der Müller in die Stadt gehen wollte und beiläufig sagte: `Du gehst ja nicht mehr dahin. Das ist auch wohl am besten so.
Ich lasse die Mühle nämlich nicht gerne allein. Paß also gut auf!` Eigentlich würde es mir schon Freude gebracht haben, einmal mit meinem Mann auszugehen, wenn er mich nur ein einziges Mal dazu aufgefordert hätte. Es tat auch weh, daß er mich nie verteidigte oder wenigstens tröstete. Erst seit ich Pitschi hatte, bekam ich so etwas wie Zärtlichkeit geschenkt."
Die Stimme der Alten war immer leiser geworden, und Lisa fürchtete schon, daß sie weinen würde.
Nach einer kleinen Pause hatte die Frau sich aber wieder so

weit gefaßt, daß sie weiter erzählen konnte: "Ich war nicht immer gehorsam. Manchmal ertrug ich es einfach nicht, allein in der Mühle zu bleiben. Wenn keine Arbeit für mich mehr da war, verriegelte ich alle Türen und ging hinunter zum See. Am Fuße einer Pappel setzte ich mich ins Gras und lauschte dem Geklatsche ihrer Blätter. Ich schloß die Augen und sah vor mir die planschenden Kinder, deren Lärm von der nahen Badebucht zu mir herüber schallte. Manchmal hörte ich auch das Dengeln eines Bauern, und ich stellte ihn mir vor, wie er auf dem hölzernen Baum gelehnt, mit einem Lei das Sensenblatt strich. Dies waren die Stunden, die mir den Sommer als etwas Schönes und Beglückendes erscheinen ließen.

So eine Freiheit nahm ich mir nicht oft, aber doch einmal zu viel. Ich glaube, es war Anfang August und schon am frühen Morgen ungewöhnlich schwül. Der Müller war in der Stadt, und ich hatte meine Hausarbeit so schnell wie möglich erledigt. Danach hockte ich wieder träumend unter meinem Baum.

Zuerst schien alles wie gewöhnlich. Aber dann zog im Westen ein Gewitter auf. In der Ferne grummelte es verhalten. Ich war nicht besonders beunruhigt; denn es klang noch sehr weit weg.

Plötzlich überstürzten sich die Ereignisse. Ein Blitz und ein scharfer Knall peitschten fast gleichzeitig über den Himmel. Die Badekinder in der Bucht schrien. Nicht lange danach hörte ich die Kirchenglocken läuten. Fast gleichzeitig mit ihnen begann der Stadtausrufer mit dem Geklingel seiner Handschelle. Ich konnte aber nicht verstehen, was er verkündete; denn die Kirchenglocken waren sehr laut. Sie übertönten alles andere.

Wie lange ich gebrauchte, um zu erkennen, daß ein Unglück geschehen war, weiß ich nicht. Ich schrak aber auf, als etwas Warmes sich federleicht auf mein Gesicht legte. Es sah aus wie ein Stück verkohltes Papier.

Als ich nach oben schaute, war die Luft fast schwarz von diesen Stücken, die wie schmutzige Schneeflocken durch die Luft wirbelten. Ich sah mich um. Und da traf es mich wie ein Faustschlag. Unsere Mühle brannte!

So rasch, wie ich nur konnte, lief ich den Hügel hinauf. Dabei vermochte ich nicht, den Blick von der Mühle abzuwenden. Wohl durch die Hitze begannen ihre Flügel sich zu bewegen - erst langsam, dann schneller und immer schneller. Dabei zog jeder einzelne ein breites Feuerband wie eine glühende Fahne hinter sich her. Noch nie hatte die Mühle so lebendig und so schön ausgesehen wie jetzt, da sie ihrem Ende entgegen wirbelte.

Als ich oben ankam, standen schon viele Leute auf dem Kamp, um sich das Schauspiel anzusehen. Deshalb entdeckte ich auch den Müller nicht gleich. Erst als er mich an beiden Armen packte und schüttelte, erkannte ich ihn. Er war außer sich vor Verzweiflung und schrie mich an:

`Wo bist du gewesen? - Was hast du mit der Mühle gemacht? - Guck dir das an, es ist dein Werk - deine Schuld!`

Stumm hatten die Herumstehenden seinen Anschuldigungen gelauscht. Nun, da er schwieg, redeten plötzlich alle durcheinander. In meiner Verwirrung

verstand ich nicht viel von dem, was sie sagten. Das Einzige, was mir scharf in die Ohren drang, waren die Worte Hexe und Strafe. Voll von Angst wollte ich fliehen. Da schien es mir, als hörte ich Pitschi wimmern. Er mußte noch in der Mühle sein. Mit einem Ruck riß ich mich von meinem Mann los und rannte hinein. Ich fand meinen Kater, aber wir beide konnten nicht mehr ins Freie gelangen. Einige Balken stürzten und begruben uns. Ich glaube, die Mühle wurde nicht wieder aufgebaut."
Die Alte schwieg, und Lisa sagte, noch ganz in dem eben Gehörten versunken:
"Nein, sie wurde nicht wieder aufgebaut. Ich wußte gar nicht, daß es auf dem Kamp einmal eine Mühle gab. Spukst du hier schon lange?"
Die Frau lachte, und es klang wie Weinen. Dann antwortete sie:
"Du meinst, ob ich als Gespenst umhergeistere? Nein, ganz gewiß nicht. Ich tue es schon aus dem einfachen Grund nicht, weil es keine Gespenster gibt, die hier spuken könnten."
"Dir ist großes Unrecht geschehen. Es könnte doch sein, daß du dich rächen willst oder die Schuldigen bestrafen", schlug das Mädchen nun vor. Aber Elisabeth schüttelte so energisch den Kopf, daß Lisa schon befürchtete, einige Wunden am Hals und im Gesicht würden wieder aufbrechen und zu bluten beginnen.
"Wem sollte ich denn als Gespenst erschrecken und damit bestrafen? Es ist schon sehr lange her. Aus der Zeit lebt kein einziger Mensch mehr. Du aber bist doch unschuldig.

Weshalb sollte ich dir so etwas antun?"
Das Kind zog grübelnd seine Stirn in Falten.
"Aber weshalb bist du mir denn erschienen. War das ein Zufall?" fragte es.
"Es war ein Zufall und doch wieder nicht. Schon seit vielen Jahren wartete ich am Abend vor der Heiligen Nacht darauf, daß ein Mädchen mit dem Namen Elisabeth auf der Straße vorbei und zu mir herauf kommen würde. Heute ist es geschehen", antwortete die Alte, und diesmal klang es beinahe glücklich.
„Ja, eigentlich heiße ich Elisabeth", gestand das Mädchen, "aber alle Leute nennen mich Lisa."
Der kleine Kater Pitschi war inzwischen von ihrem Schoß gesprungen und langsam zu dem Ausgangsloch gegangen. Hier stand er nun mit erhobenem Schwanz, sah sich um und miaute. Es war so deutlich eine Aufforderung, ihm zu folgen, daß Elisabeth und Lisa sich fast gleichzeitig erhoben. Pitschi führte sie halb um die Mühle herum. Hier blieb er vor einem breiten Spalt zwischen Mauerwerk und Erdreich stehen. Wieder schaute das kleine Tier zu den beiden hin, maunzte leise und schlüpfte in das Loch hinein.
"Was mag das bedeuten?", fragte das Mädchen, „wir sollen doch wohl nicht auch da hinunter kriechen; der Spalt ist für Menschen ja viel zu eng."
Er war ungefähr fünfundzwanzig Zentimeter hoch und einen halben Meter breit. Die Alte aber meinte, daß es wohl ginge, wenn man die Arme ausgestreckt vor dem Körper überkreuze und den Kopf so weit zur Seite drehe, bis das Gesicht über der Schulter zu liegen käme. Mit den

Füßen voran könnte man dann glatt hinunterrutschen. Man bräuchte dazu nur ein wenig Mut.

Lisa zweifelte an ihrem Mut, und sie wäre auch bestimmt nicht in das Loch gekrochen, wenn sie nicht Pitschis leises Rufen von unten herauf gehört hätte. So tat sie, wie die Frau es vorgeschlagen hatte, und siehe da, es klappte.

Weil sie die Augen fest zusammenkniff, konnte sie natürlich nichts von ihrer Umgebung sehen, aber sie spürte, daß sie durch ein großes Rohr abwärts glitt. Vielleicht war es aber auch mehr ein weiter Schlauch; denn die Wände fühlten sich nicht hart und kalt an. Sie waren fest, elastisch und wärmer als Metall.

Als die Rutschpartie beendet war, rang Lisa erst einmal nach Luft; denn in der Aufregung hatte sie vergessen zu atmen. Dann sah sie sich um. Sie saß auf einer Wiese voll blauer und weißer Blumenkissen und mit Gras so weich wie ein Teppich.

Vor ihr hockte Pitschi, der mit der rechten Vorderpfote sein Gesicht geputzt hatte. Diese hielt er nun hoch über dem Kopf, während er das Mädchen mit seinen grünen Augen geradezu verschmitzt ansah. Lisa brach in helles Gelächter aus; denn der kleine Kerl streckte auch ihr die rote Zunge entgegen.

„Ja, unser Pitschi ist der geborene Komiker", hörte Lisa die sanfte Stimme der Alten hinter sich. Rasch drehte sie sich um; denn sie hatte deren Kommen nicht bemerkt.

Ihr eben noch lachender Mund klappte zu. Stumm und mit großen Augen starrte sie die Person an, die nun vor ihr stand.

Auf dem Weg nach unten hatte der enge Kanal alles von der Frau abgestreift, was das Feuer in der Mühle ihr angetan hatte. Zwar war keine märchenhaft schöne Prinzessin aus ihr geworden, aber doch eine junge und gesunde Frau. Das lange braune Haar hatte sie im Nacken zum dicken Knoten aufgesteckt. Sie trug eine Schürze von kräftig blauer Farbe mit einem weißen, Kaffeebohnen ähnlichen Druckmuster. Diese Schürze war so groß, daß man von dem Kleid nur rotbraune, bis zu den Ellenbogen aufgerollte Ärmel sehen konnte.
Frau Elisabeth bückte sich und hob ihren Kater auf. Gemeinsam machten sie sich nun auf den Weg.
Eigentlich ist das nicht ganz korrekt ausgedrückt; denn weit und breit gab es weder Wege noch Straßen. Es schien so, als wanderten die beiden durch einen riesigen hügeligen Park mit Sträuchern, Baumgruppen und Blumenbeeten. Um sie herum war es vollkommen ruhig. Nicht einmal ihre Schritte durch das Gras verursachten ein Geräusch. Lisa wunderte sich darüber und wollte gerade nach dem Grund fragen, da sagte die Frau:
"Hast du es schon erkannt? Wir befinden uns hier im Lande der Stille und des Friedens." - Lisa nickte.
Zur linken Seite hin fiel das Gelände etwas ab, so daß sich ein flaches aber breites Tal gebildet hatte. Verstreut in diesem Tal standen Häuser. Obwohl auf ganz unterschiedliche Weise erbaut, schienen sie doch gleich groß zu sein. Außerdem waren alle schneeweiß gestrichen. Einige verbargen sich hinter hohen Hecken oder standen in dichtem Buschwerk, so daß nur ihre roten Ziegeldächer

heraus ragten, andere waren dagegen von bunten, prachtvoll blühenden Blumenbeeten umgeben. Bei ihnen konnte man gut die blitzenden Fenster erkennen und Türen, zum Teil einladend geöffnet.
Pitschi wurde auf dem Arm der Frau unruhig und zappelte so lange, bis er hinunter auf die Erde durfte. Ohne sich noch einmal umzusehen, trabte das Tier mit stolz erhobenem Schwanz zu der Ansiedlung hinab. Lisa wollte wissen, wohin der Kater laufen würde, und Elisabeth antwortete einfach:
"Heim. Dort in dem vierten Haus, von hier aus gesehen, wohnen wir beide."
"Sind alle Häuser besetzt? Oder stehen auch einige leer?", fragte die Kleine, und ihre große Namensschwester berichtete, daß in jedem Haus ein Mensch lebe.
"Wenn nun aber noch jemand dazu kommt, ich zum Beispiel", hakte das Kind nach.
"In dem Fall ist auch ein Haus für dich da, wer hierher kommt, findet auch ein Heim", bekam es zur Antwort.
Fast unmerklich waren die beiden höher hinauf gestiegen auf einen Berg mit bewaldeter Kuppe. Es handelte sich um recht eigenartige Bäume, die hier dicht beieinander wuchsen. Lisa hatte sie schon manchmal auf dem Friedhof gesehen, allerdings nur wenige, die vereinzelt oder höchstens in kleinen Gruppen standen. Dort hießen sie "Lebensbäume". Elisabeth nannte diese hohen, schlanken Gewächse aber "Wintergrün", und das Kind fröstelte, als es den Namen hörte. Die Bäume trugen weder Blätter noch Nadeln. Ihre wie zerrupfte Fächer dastehenden Äste und

Zweige wirkten, als hätte man sie - ja eigentlich sogar die ganzen Bäume - zwischen zwei Glasplatten gepreßt. So ragten sie neben und hinter einander wie Pappkulissen eines Theaters auf. Dieser im Licht gelblich grün schimmernde Wald erschien Lisa unheimlich und trostlos. Er ließ sie frieren. Mitten in dem Wintergrünwald stand ein schmalbrüstiges, zweistöckiges Haus. Es schien so, als gäbe es in jedem Stockwerk nur einen einzigen Raum. Das graue Gebäude sah alt und ungepflegt aus. Es wirkte wie ein gestutzter Turm.
Die staubblinden Fenster hatten bestimmt noch nie Wasser oder Wischtuch gesehen. Seine schöne gläserne Haustür war in der Mitte wohl von einem Stein getroffen und zersprungen. Um den Schaden etwas zu beheben, hatte jemand zwei Bretter wie ein Andreaskreuz darüber genagelt.
"Kommst du mit? Ich habe es mir zur Aufgabe gemacht, regelmäßig hineinzugehen", sagte die Frau. Lisa nickte zwar mit dem Kopf, dachte jedoch bei sich, daß es gar nicht möglich wäre, weil sie den einzigen Eingang vernagelt sah. Aber das war ein Irrtum. Sie gingen zur etwas tiefer liegenden Rückseite des Gebäudes, bis sie vor einer Kellertür standen. Da diese ziemlich schief in den Angeln hing, hatte sie sich verzogen und verklemmt. Die beiden mußten ihre ganzen Kräfte anwenden, damit das verquollene Holz sich von dem Mauerwerk löste. Dann schabte das Türblatt über den Waldboden und zeichnete eine breite Spur in die Erde.
Zuerst betrat die Frau den Keller. Das Mädchen folgte.

Knarrend schlug die Tür hinter ihnen zu. Lisa zuckte zusammen. Wie seltsam. Hatte die Tür nicht so fest auf dem Boden gestanden?
Nun herrschte tiefe Finsternis in dem Raum. Lisa fürchtete sich sehr. Sie tastete nach der Gestalt ihrer Begleiterin, doch die Hände griffen ins Leere. Angstvoll tat sie einen tiefen Atemzug, der aber viel mehr ein Schluchzen war.
Im gleichen Augenblick wurde es hell. Frau Elisabeth hatte die Tür zur Küche geöffnet. Beide schauten sich in dem Kellerraum um, und Lisa rief bestürzt:
"Das hier ist doch niemals ein Haus. Dies ist die schreckliche Höhle unter einem Wintergrünbaum. Elisabeth, siehst du nicht die dicken und dünnen Baumwurzeln an der Decke und in den Wänden und die feuchte Erde, die dazwischen klebt? Wenn sich die Klumpen lösen, werden wir ersticken. Es ist jetzt schon alles zu erdrückend und eng." Das Mädchen war so verstört, daß es in panischer Angst laut zu weinen begann.
Da trat Elisabeth zu ihm und nahm es in die Arme.
"Lisa, mein Kind, du brauchst dich nicht zu fürchten. Dies ist kein schrecklicher Ort. Es gibt überhaupt keine schrecklichen Orte, es gibt nur schreckliche Menschen, die einen unschuldigen Ort mißbrauchen. Hier siehst du wirklich einzig und allein den sehr schmutzigen Keller des Hauses. Schau einmal her."
Sie zog ein weißes Tuch aus der Schürzentasche, wischte damit einige Male kräftig über die sandige Wand, und hervor kamen Mauersteine, einige Rohre sowie Gummikabeln und Haken, Dinge, die man noch heute in

den Kellerräumen vieler Häuser finden kann.
Fast etwas beschämt, trocknete das Mädchen sich die Tränen ab und folgte dann ihrer großen Freundin die wenigen Stufen hinauf in die Küche. An der war nichts besonderes, wenn man fingerdicken Staub als normal ansehen will. Auch eine kleine Kammer zur rechten Seite der Küche zeigte sich verschmutzt und nur knapp möbliert. Links kamen sie in einen kurzen Flur und standen jetzt auf der Innenseite der zerbrochenen Glastür. Vor ihnen führte eine recht steile Treppe hinauf ins zweite Stockwerk.
Weil Elisabeth nicht weiter ging und wartend nach oben schaute, stand auch Lisa wie gebannt und starrte hinauf.
Eine kleine Weile geschah nichts, dann hörten sie schwache Geräusche, so als patschten nackte Füße über einen Steinboden.
Gleich darauf erschien es auch schon oben auf dem Treppenabsatz. Es - das war ein Wesen, von dem Lisa nicht wußte, ob es noch zu den Tieren gehörte oder schon ein Mensch sein konnte. Da die Gestalt sehr klein und brandmager war, schienen Hände und Füße ungewöhnlich lang zu sein. Einige mausgraue Haare standen wirr und steif von dem relativ großen Kopf ab. Eigentlich erschien das ganze Wesen staubig grau mit Ausnahme der runden, wie Onyx glänzenden, großen Nachtaugen.
Die kleine Gestalt verharrte kurze Zeit, gebückt nach unten spähend. Dann tastete ihre rechte Hand nach dem Treppengeländer, und mehr zaghaft als vorsichtig stieg sie sieben Stufen hinunter. Das war die halbe Länge der Treppe. Hier setzte sie sich hin.

Während der ganzen Zeit schaute das Wesen, ohne auch nur einmal mit den Lidern zu zucken, Elisabeth an.
Diese hatte sich nicht von der Stelle gerührt. Auch jetzt blieb sie auf ihrem Platz stehen, begann aber leise und sanft auf das scheue Ding einzureden in einer fremden Sprache, die Lisa nicht verstand, die aber dem kleinen Wesen etwas zu sagen schien. Es drehte den Kopf hin und her, so als ob es eifrig lauschend kein Wort von dem Gesagten verlieren wollte. Dann bewegte es die Lippen, wie wenn es lautlos zu antworten versuchte. Da erkannte Lisa, daß das Wesen ein kleines, armseliges Menschenkind war.
Elisabeth schwieg jetzt, und der kleine Mensch erhob sich zögernd von seinem Platz. Fast schien es so, als würde er herunterkommen, aber plötzlich drehte er sich um und huschte wie gejagt die Treppe hinauf und verschwand.
Die Frau stand noch eine kurze Weile da und schaute nachdenklich zum nächsten Stockwerk hinauf. Zu Lisas Verwunderung wirkte Elisabeth aber nicht traurig oder enttäuscht, im Gegenteil, als sie sich umdrehte, lächelte sie das Mädchen aufmunternd und freundlich an, nahm seine Hand und sagte:
"Komm, mein Kind! Für uns wird es jetzt Zeit zu gehen."
Die beiden verließen das Haus dort, wo sie hineingekommen waren, durch den düsteren Keller. Erst, als sie wieder draußen unter den Wintergrünbäumen standen, fragte Lisa:
"Ist das Haus ein Gefängnis?"
Elisabeth überlegte etwas und meinte dann nachdenklich:

"Im weitesten Sinne könnte man es so bezeichnen."
"Und wer hat dieses unglückliche Geschöpf dort eingesperrt?", bohrte das Kind weiter.
"Niemand. Das ist ja gerade unser Problem. Es hatte vor irgend etwas Angst und flüchtete dort hinein. Bei dem hastigen Versuch, sich in Sicherheit zu bringen, zerschlug es die Scheibe an der Haustür. Irgend jemand nagelte die Bretter davor, sicher nicht ahnend, daß sich ein Mensch in dem Gebäude aufhielt."
"Gehst du dahin, um es herauszuholen?"
Das Kind sah mit liebevoller Bewunderung zu der Frau, ihrer neuen Freundin, auf.
"Ich wollte, es wäre so, aber ich kann ihm nur den Weg weisen. Ich könnte es vielleicht auch einige Schritte begleiten. Aber gehen muß es dann allein. Sieben Stufen, also die halbe Treppe hat es doch schon geschafft. Einmal wird der kleine Mensch so frei sein wie du und ich."
"Wenn nur der schaurige Keller nicht wäre. Ich fürchte, die Angst darin bringt ihn um." Lisa fühlte sich ganz unglücklich, weil sie eben erst selber dieses entsetzliche Gefühl durchlitten hatte, und sie war nicht einmal allein gewesen. Elisabeth hatte ihr Beistand und ein Gefühl der Sicherheit gegeben.
Die beiden verließen nun den Wald und begannen, von dem Berg herabzusteigen. Lisa grübelte noch immer über das unglückliche Wesen in dem alten Haus nach. Plötzlich meinte sie, einen Ausweg gefunden zu haben.
"Du, Frau Elisabeth, laßt uns noch einmal umkehren und das Unglückskind aus dem Haus holen. Ich werde die

Türen offen halten, und du nimmst das Kleine auf den Arm. Wenn es erst hier draußen bei uns ist, freut es sich bestimmt. Sicher verliert es dann auch die Angst."
Das Mädchen war sehr glücklich über diese Lösung des Problems. Es sah erwartungsvoll zu Elisabeth auf. Doch die schüttelte bedauernd den Kopf. "Es tut mir wirklich leid, dich enttäuschen zu müssen. Natürlich würde es uns gelingen ,das kleine Wesen herauszutragen, aber seine Angst bliebe bei ihm. Schon beim nächsten Anlaß würde es wieder fliehen und sich irgendwo verstecken. Glaube mir, der Weg durch den Keller ist der einzig richtige."
Die Frau hatte mit großem Ernst gesprochen, so daß Lisa ihr sofort glaubte. Das Mitleid ließ sie aber nicht los, und so fragte sie:
"Ist es schon lange in dem Haus?"
"Ich kann es dir nicht sagen", antwortete Elisabeth, "du möchtest eine Angabe in Stunden, Tagen oder Monaten haben, nicht wahr? Das ist die Art und Weise, in der ihr die Zeit einteilt. Doch so ctwas geht bei uns nicht. Für uns ist die Zeit unmessbar. Sie wird an dieser Stelle geboren. Aber gleichzeitig ist es auch der Ort, an den sie zurückkehrt und an dem sie endet. Wenn du es besser verstehst, würde ich sagen, hier ruht die Zeit. Sie fließt noch nicht und auch nicht mehr. Hier sind Raum und Zeit nicht zweierlei, sie trennen sich erst in eurem Lebenskreis in das Hier und das Jetzt."
"Willst du damit ausdrücken, daß von dem Moment an, als ich auf der Blumenwiese landete, bis jetzt, wo ich mit dir den Berg hinabsteige, keine einzige Sekunde vergangen

ist?"
Die Frau nickte lächelnd, und das Kind war sich nicht sicher, ob das Ganze vielleicht doch ein Scherz sein sollte.
Während Lisa noch grübelnd das Rätsel von Raum und Zeit in ihrem Kopf zu lösen versuchte, hatten sie den Rand eines großen Gewässers erreicht. Die Bucht, an die sie kamen, wirkte verödet und kahl. Es wuchs hier kein Gras, und es gab weder Gebüsch noch Bäume. Nur ein sehr hoher Binsengürtel zu beiden Seiten schenkte etwas Grün. Dabei handelte es sich nicht um eine der üblichen Arten; denn diese dicken Halme trugen neben den unscheinbaren Blütenrispen, wie man sie sonst überall sehen kann, auf vielen, jedoch kürzeren Stielen in grünen Kelchtrichtern weiße buschige Blumen, als hätten sie frisch gefallene Schneeflocken aufgefangen.
Es mußte sich um einen Ozean handeln, an dessen Ufer sie jetzt standen. Nach rechts und geradeaus war nicht die Spur von Land zu sehen. Nur zur linken Seite in großer Entfernung unterbrach ein kurzes graues Band die schwach gebogene feine Naht zwischen Himmel und Wasser.
Fast wäre das Mädchen gedankenversunken in die See hineingelaufen. Elisabeth hielt es mit einem raschen Griff fest.
Danach stand sie gerade und still, hoch aufgerichtet am Ufer und schaute mit weit geöffneten Augen in die Ferne. Lisa tat es ihr nach und erlebte, wie der Horizont langsam seine Farbe veränderte. Das Blau des Himmels wurde nicht blasser aber immer heller, wie von hinten angestrahlt. Im Gegensatz dazu entstand der Eindruck eines sich rasch

verdunkelnden Meeres, und aus ihm heraus stieg langsam ein Segelboot. Wie ein zarter Scherenschnitt standen die Umrisse des Schiffes dann vor dem schimmernden Blau. Von ihm her wehten die klaren Töne einer Trompete. Sie klangen festlich und hell und doch so voll Sehnsucht, daß Lisa erschauerte. Es schien ihr, als wäre es ein Ruf an sie, - als würde jemand auf Antwort von ihr warten.
Fragend sah das Kind zu Elisabeth auf und entdeckte mit Bestürzung, daß die Frau weinte.
Nun ertönte das Signal zum zweiten Mal, aber etwas leiser wie aus größerer Entfernung. Da trennte sich das Himmelsblau von dem schwarzen Wasser. Es hob sich und gab so einen Spalt frei, aus dem ein nicht zu beschreibendes lebendes Licht quoll. Das Boot fuhr hinein und löste sich in dem Leuchten auf.
Lisa stand noch stumm in andächtiger Ergriffenheit da, als Elisabeth einen Arm um sie legte und auf das schmale graue Band in der Ferne zeigte. Sie sagte:
"Dorthin werden wir jetzt gehen".
"Und wie machen wir das?", fragte die Kleine sofort interessiert.
Ihre Begleiterin antwortete nicht, sondern wies jetzt hinunter auf das Wasser. Es lief mit raschen, klatschenden Wellen gegen das Ufer und versickerte sofort im Sand.
Das Mädchen überlegte, ob es hineinwaten sollte und ob es überhaupt möglich wäre, so weit zu schwimmen.
Gerade dachte es: "Das Beste wäre, ein Schiff würde kommen, um uns beide zu holen", da erhob sich von der rechten Seite her ein passatartiger, kräftiger Wind. Er fuhr

in das Binsendickicht, daß sich die starken Halme bogen. Eine ganze Gruppe wurde losgerissen und trieb nun, sich im Kreise drehend, am Wasserrand entlang. Direkt vor der Frau und dem Kind kam sie zur Ruhe, und Lisa erblickte verdutzt eine kleine, fast runde Insel. Elisabeth aber nahm das Mädchen an die Hand und sprang mit ihm hinüber auf das winzige Eiland.
Als sich die etwas kabbelig gewordene See wieder beruhigt hatte, trugen die Wellen und der erneut erwachte Wind dieses flaschengrüne, raschelnde Binsenboot hinaus aufs Meer - dem fernen Landstreifen entgegen.
Lisa setzte sich zwischen die Halme auf den Boden. Sie spürte ein noch nie empfundenes Glücksgefühl und meinte, fast schwerelos dahinzufliegen. Sie sah sich um und entdeckte im Wasser eine Wolke kleiner bunter Fische, die immer neue Formen und Figuren bildend vorüberschwebte. Vor ihr auf dem Meeresgrund, der gar nicht sehr tief zu liegen schien, wühlte sich eine Flunder in den gelblichen Sand. Stichlinge schossen vorbei, und dicht neben sich sah sie einen dicken, karpfenartigen Fisch schwimmen. Er schaute mit runden Glubschaugen das Inselschiff an und spitzte die wulstigen Lippen so, als wolle er ihm einen Kuß geben. Das fand Lisa sehr komisch. Sie streckte die linke Hand aus, um den Fisch anzustupsen. Doch ihre Finger fuhren, ohne daß sie einen Widerstand spürte, hindurch. Sie drangen durch den ganzen Körper, der plötzlich verschwand.
Das Kind erschrak fast zu Tode; denn es hatte nicht nur den Fisch nicht gespürt, sondern auch jedes Gefühl für die

eigene Hand und die Finger verloren. Mit einem Schlag war da draußen nichts mehr - keine Fische und auch keine Hand. Die war bis zum halben Unterarm einfach weg.
"Weshalb ziehst du den Arm nicht zurück?", fragte mit ruhiger Stimme Elisabeth.
Ja, weshalb tue ich es nicht?, dachte nun auch Lisa und setzte sofort den Gedanken in die Tat um.
Da war sie wieder, ihre Hand mit allen fünf Fingern heil und unbeschädigt.
Elisabeth hatte etwas belustigt zugesehen, wie das Kind jedes Fingerglied bewegte und begutachtete. Sie wurde aber sofort ganz ernst, als es mit unsicherer Stimme fragte: "Was war das?"
"Das waren Schattenfische im Nichts", antwortete die Frau. Weil sie jedoch ahnte, das Lisa diese Antwort nicht begreifen konnte, sprach sie gleich weiter:
"Dieser weite Ozean ist das Große Nichts. Mit deinen Händen könntest du nicht den kleinsten Fetzen hineinwerfen, aber die Kraft deiner Gedanken kann es randvoll füllen mit allem, was du nur erdenken kannst. - Du erinnerst dich doch sicher noch an den Moment, als wir an der Bucht standen und zum anderen Ufer hinüber schauten. Hast du da nicht genau so wie ich gedacht, man müßte ein Boot haben, weil kein Mensch so weit schwimmen kann?"
Lisa nickte.
"Siehst du! Und wir bekamen ein Boot, unsere Insel hier. Während wir nun hinübergetragen werden, hast du wieder gedacht, nicht wahr?"

"Ja, ich überlegte, ob ich wohl Fische in diesem Meer entdecken könnte", antwortete Lisa nachdenklich, und als wäre ihr plötzlich ein Licht aufgegangen, rief sie:
"Da sind sie also erst in das Wasser hineingekommen?"
Elisabeth bestätigte es und fuhr fort:
"Unsere Gedanken ließen die Insel entstehen und deine Gedanken die Fische".
Inzwischen hatten die beiden ihr Ziel erreicht. Das graue Band in der Ferne war zu einem langgestreckten Küstenstreifen geworden. Sie betraten jetzt seinen schmalen Strand. Das eigentliche Festland lag einige Meter höher. Ein etwas steiniger Trampelpfad brachte sie aber ohne große Schwierigkeiten nach oben.
Hier stand am Rande einer weiten Ebene eine einzelne breite Esche mit Blumen in ihrem Laub.
Die Ebene war so unermeßlich groß, daß es keinen Horizont zu geben schien, und doch war sie gedrängt voll besetzt mit Menschen. Es waren Menschen jeden Alters und aus allen Ländern der Erde.
Die Männer, Frauen und Kinder saßen wie zufällig zusammengetroffen schweigend beieinander im Gras. An der unterschiedlichen Kleidung konnte Lisa erkennen, daß sie auch aus allen Zeiten der Geschichte kamen.
Leise fragte sie: "Was sind das für Leute?"
Und Elisabeth antwortete fast feierlich:
"Lisa, alle Menschen, die du vor dir siehst, wurden einmal im Namen Gottes getötet. Und wenn du in der Ferne, für deine Augen kaum noch zu erkennen, eine leichte Unruhe bemerken kannst, so sind das Menschen, die jetzt in diesem

Augenblick in Seinem Namen sterben müssen und sich zu den hier versammelten begeben."
Lisa wollte darauf etwas sagen, aber sie konnte keine Worte finden für das, was sie fühlte. Sie sah die Menschen an und bat stumm um Verzeihung für ihr Unvermögen jetzt zu sprechen.
Doch es schien so, als hätten diese die Gedanken des Kindes vernommen; denn hier und dort erhoben sich Männer und Frauen und kamen näher. Lisa hielt sie für Abgesandte der in der Ebene sitzenden Menge.
Sie hatte sich auch nicht getäuscht; denn als die Gruppe vor ihr angelangt war, sprach einer der Männer diese Worte zur Begrüßung:
"Im Namen Gottes, des barmherzigen Erbarmers,
Preis sei Gott, dem Herrn der Welten."
Er verneigte sich und mit ihm alle, die herangekommen waren. Schüchtern knickste Lisa so tief, wie sie nur konnte. Sie hielt den sehr edel Erscheinenden für einen König, zumindest für den Wortführer der anderen.
Doch dann redete nacheinander jede Frau und jeder Mann, und obwohl sie alle die Sprache ihres Volkes und ihrer Zeit gebrauchten, begriff Lisa, was sie sagten, wie auch sie sich trotz der Vielfalt ihrer Sprachen untereinander wie Geschwister aus einer Familie verstanden.
Ein jeder trug nur einen Satz zu der Botschaft bei, die sie Lisa am Abend vor der Heiligen Nacht überbrachten, und diese Botschaft lautete:
"Der eine allmächtige Gott kennt keinen Unterschied zwischen den Menschen.

Sie alle sind Seine Kinder und deshalb Geschwister.
Sie leben, weil Er will, daß sie leben.
Er liebt sie alle ohne eine einzige Ausnahme.
Wer einen Menschen tötet, begeht einen Brudermord.
Und wer im Namen Gottes tötet, stößt das Messer auch in das Herz des Vaters.
Wir, die Opfer, vergeben unseren Mördern um des Vaters Willen; denn sie sind Seine Schmerzenskinder.
Er liebt doch auch sie.
Den Lebenden aber sagen wir:
Bevor ihr eure Hände gegen einen Menschen erhebt, wer es auch sei, schaut in sein Angesicht und ihr werdet in die Augen eines Gotteskindes sehen. Es muß unantastbar sein."
Jetzt hatten alle bis auf eine junge Frau gesprochen. Sie war klein, fast noch ein Kind. Lisa konnte nicht erkennen, aus welchem Volk oder aus welcher Zeit sie kam; denn sie hatte keine Kleider. Ihre Haut war dunkel, und die langen glatten Haare schimmerten bläulich schwarz. Auf ihren Händen trug sie einen nackten Säugling.
Sie hielt ihn Lisa wie auf einem Tablett entgegen und sagte:
"Morgen ist für euch Christen die Heilige Nacht. Ihr feiert mit dem Weihnachtsfest die Geburt des Kindes Jesus Christus. Alle Glocken werden klingen und viele Kerzen werden ihm zu Ehren leuchten. Doch schau mein Baby, war es nicht auch Gottes Sohn?
Wir beide hätten so gerne miteinander gelebt. Aber man nannte uns Heiden, schimpfte uns Ungläubige und erschlug uns. Mein Kind wurde nur wenige Tage alt.

Ihr nennt Weihnachten das Fest der Liebe und des Friedens.
Sollte nicht an jedem Tag das Fest der Liebe und des Friedens gefeiert werden? Und ist nicht jede Nacht eine heilige?
Wird doch zu jeder Stunde ob Tag oder Nacht ein Gotteskind geboren."
Die junge Frau schwieg. Sie drückte ihren kleinen Sohn liebevoll an sich und lächelte das Mädchen warm und irgendwie voll Hoffnung an. Dann wandte sich die ganze Gruppe wieder den Menschen in der Ebene zu. Die erhoben sich, und alle begannen, den Platz zu verlassen.
Lisa sah hinter ihnen her. Ihr Gesicht war naß von Tränen.
Sie fühlte sich plötzlich sehr klein und nutzlos.
Da nahm Elisabeth, die still bei der Blumenesche gestanden hatte, ihre Hand und führte sie fort.
Die beiden gingen auf dem etwas erhabenen Küstenstreifen an den Wassern des "Großen Nichts" entlang. Es lag zur linken Seite dunkel und ruhig unter ihnen.
Sie kamen an eine Weggabelung. Elisabeth wählte die rechte Seite, und so wanderten sie nun zwischen hohen Knicks tiefer in das Land hinein. Eine ganze Weile hatte keiner von ihnen gesprochen. Jeder war randvoll erfüllt mit eigenen Gedanken und Bildern.
Nun fing Lisa fast wie zu sich selber an zu reden:
"Ich weiß es, die Frau mit dem Baby und all die anderen Leute gehen jetzt in das helle Licht."
Elisabeth nickte, und das Mädchen fuhr fort:
"Du wärest gerne mit ihnen gegangen, nicht wahr?"

Wieder nickte Elisabeth nur, aber das Kind wußte auch ohne eine Antwort Bescheid. Es hatte seine Gefährtin ja weinen sehen.
Plötzlich war auch der kleine Kater wieder da. Pitschi saß mitten auf dem Weg im Sand und sah ihnen entgegen. Kurz bevor sie ihn erreichten, erhob er sich und schritt etwas steifbeinig vor ihnen her.
Er schritt wirklich. Er schritt mit der rührenden Würde eines kleinen Kindes, das eine große Aufgabe übernommen hat; denn er führte seine menschliche Schwester zurück in die Welt der begreifbaren Dinge und der fließenden Zeit.
Vor einem steinernen Torbogen blieb er stehen. Lisa entdeckte dort ihren Schlitten und war nicht überrascht, aber doch ein wenig traurig, als Elisabeth ihr übers Haar strich und leise sagte:
"Hier müssen wir uns trennen. Vergiß unsere Weihnachtsbotschaft nicht, mein Kind."
Lisa nahm die Schlittenleine in die Hand und zog das Gefährt in das Tor hinein. Die Kufen schrabten schwer und unangenehm laut über ein steinernes Straßenpflaster. Es wurde erst besser, als der Schlitten auf eine Schneedecke gleiten konnte. Lisa hielt ihn an und schaute zurück. Sie wollte noch einen Blick von Elisabeth und Kater Pitschi erhaschen. Aber da war nichts mehr. Hinter ihr lag verlassen und abendlich still die Auguststraße mit der Eisenbahnbrücke, unter der sie gerade hindurchgegangen war. Bis zum Hause ihrer Eltern mußte sie jetzt nur noch wenige Minuten gehen.
Später, als Lisa schon im Bett lag, kam die Mutter wie an

jedem Abend noch einmal ins Zimmer. Sie wünschte ihrer Tochter eine "Gute Nacht" und sagte:
"Träume etwas Schönes. Morgen früh, wenn du aufwachst, ist Weihnachten."
Lisa erwiderte:
"Mama, eigentlich sollten wir jeden Tag Weihnachten feiern."
Die Mutter lachte:
"Genau das habe ich mir als Kind auch immer gewünscht."
Sie löschte das Licht und verließ die Schlafstube. So hörte sie nicht mehr, wie Lisa bedrückt und fast mitleidig flüsterte:
"Ach, Mama!"

Diese kleinen Märchen entstanden alle im Ostholsteinischen Land. Sie wurden von mir erlebt oder erträumt.
So stand ich eines Abends unter der hohen Birke unseres Gartens und sah einen Kometen am Nordhimmel stehen. Es war der Arend-Roland mit einem langen Schweif. Ein sehr kurzer, fast nur eine lange Nase, wies zur anderen Seite.
Zwischen den zwei Seen lebt meine kleine blinde Freundin Nadja mit ihrem gläsernen Schiff noch heute.
Und um das erfrorene Flüchtlingskind in der Reithalle trauerten viele Menschen in unserer Stadt.
Die anderen Märchen erträumte ich in der Nacht, oft auch am Tag.

Ruth Viertel, im Januar 2014

……

……